Ich weiss nicht
wohin der Weg führt,
aber ich weiss,
dass es MEIN Weg ist!

FSC
www.fsc.org
MIX
Papier aus ver-
antwortungsvollen
Quellen
Paper from
responsible sources
FSC® C105338

Herstellung und Verlag:

BoD- Books on Demand, Norderstedt

ISBN 9783744813327

Vorwort

Am Anfang war eigentlich nur das Thema klar: «Meine Lebenslinie». Die Geschichte dazu fehlte noch. Geplant war ein etwas philosophisch angehauchter Aufsatz. Es sollte eine Mischung aus Amateur-Philosophie und Hobby-Psychologie werden. Schon nach ein paar Sätzen war für mich aber klar: ohne gewisse biografische Züge geht das nicht.

Also begann ich über mein bisheriges Leben nachzudenken... Was dann entstanden ist? Ich erzähle von einer wunderbaren, lebhaftigen Bahnfahrt. In meinem eigenen Zug. Auf meiner ganz persönlichen Lebens-Linie. Bei der während der Reise stetig neue Passagiere zusteigen und dementsprechend auch immer wieder zusätzliche Wagen angehängt werden müssen.

Dieser – mein Zug – könnte auch Dein Zug sein. Nur auf einem völlig anderen Gleis. Nämlich auf Deinem ganz persönlichen. Es geht in eine andere Richtung. Deine für Dich vorgesehene Richtung. Denn ich bin überzeugt, jeder Mensch hat eine für sich eigens vorgegebene Lebens-Linie. Und das ist gut so...

Vielleicht findest Du – dank diesem Buch – zu Deiner ganz persönlichen Bahnfahrt. Finde es heraus – es wird sich in jedem Fall lohnen.

Rolf Walter G

Alles begann in der 3. Klasse

Stell dir vor, du kommst auf die Welt und landest direkt in einem Zug. Einem fahrenden Personenzug. Als einer von vielen Passagieren. Sämtliche Weichen für deine Lebensreise sind bereits gestellt. Die Lokomotive fährt ihren vorgegebenen Kurs. Niemand kennt das Ziel, keiner weiss wohin die Reise geht. Auch nicht wie lange die Fahrt dauern wird. Ausser dem, der diesen Zug hinter sich her zieht und die Lokomotive pilotiert. Du kannst dir nicht einmal die Gesellschafts-Klasse aussuchen, in der du auf deine Lebensreise geschickt wirst. Du wirst einfach hinein geboren. Ich denke, all das muss so sein...

In meinem Fall war es einen Monat nach Beendigung des 2. Weltkrieges. Man nannte die zu dieser Zeit geborenen Kinder auch «Friedenskinder». Ein Platz für mich war schon reserviert. Ich war keine Überraschung. Ich gehe davon aus, dass man mich bereits freudig erwartete. Jedenfalls waren alle auf meinen Einstieg in den «Zug meines Lebens» vorbereitet.

Bestimmung für mich war die unterste Klasse. Ich erblickte also das Licht der Welt in einem 3.-Klasse-Wagen der Schweizerischen Bundesbahnen. Man nannte diese Klasse auch die «Holzklasse». Grund dafür waren die harten, ungepolsterten Sitzgelegenheiten aus Holz. Diese gab es damals in den Nachkriegsjahren noch. Die «Erste Klasse» war ausschliesslich den Privilegierten vorbehalten, in der«Zweiten» installierte sich der Mittelstand, der damals so langsam am aufgekommen war. Und dann eben blieb noch die «Dritte Klasse» für die unterprivilegierte Arbeiterschaft, die Proletarier. Das war nichts Schlimmes. Diese waren schliesslich ja auch in der Überzahl. Niemand störte das. Es war einfach so. Man musste sich deswegen auch nicht schämen. Es ging genau so schnell vorwärts wie in den «besseren» Klassen. Niemand machte sich in der untersten Klasse Gedanken über die Menschen in den oberen Klassen. Egoismus und Neid waren noch nicht so ausgeprägt wie heute. Denn die «Dritte» war für den überwiegenden Teil der Leute das, was man sich noch so knapp leisten konnte. Aber eben: 3. Klasse. Kein Komfort, Bretter unter dem Hintern. Du spürtest jede Naht der zusammengeschweissten Schienen, jede überfahrene Weiche hob dich von den Bänken. Und dann diese harten Sitzunterlagen, der fehlende Sauerstoff und die stinkende Luft. Zu dieser Zeit gab es noch Raucher- und Nichtraucher-Wagen. Die Wagen der paffenden Mitreisenden waren immer besser besetzt als die der Nichtraucher. Rauchen gehörte damals noch zum Erwachsensein. Jedenfalls in der 3. Klasse. Auf den Zigarettenpackungen standen noch keine Warnungen vor Gesundheitsschäden, und dass Rauchen tödlich sein könnte. Rauchen erkannte man nicht als Sucht, sondern vielmehr einfach als pures Vergnügen und Genuss. Man hatte sonst ja nicht viel, worüber man sich wirklich freuen konnte. Und trotzdem, oder vielleicht deswegen, schienen die Leute zufrieden zu sein.

Meine Familie

Ich fühlte mich sofort pudelwohl und gut aufgehoben in meinem zugewiesenen Viererabteil. Mein Vater und meine Mutter waren schon seit ein paar Jahren auf diesen harten Bänken unterwegs. Es waren schliesslich die Krisen- und Kriegsjahre vorangegangen. Eine Veränderung war für sie nicht wirklich geplant. Bescheidenheit und Demut waren zu dieser Zeit angesagt. Die arbeitende Bevölkerung war zufrieden und halbwegs glücklich mit dem was sie hatte. Und sie hatte wirklich nicht viel. Doch es gab wenigstens wieder Perspektiven und Hoffnung in die Zukunft. Dennoch dachte kein Mensch daran, auf Wohneigentum hin zu arbeiten und dafür zu sparen. Eigentumswohnungen gab es zu dieser Zeit überhaupt noch nicht. Man lebte von der Hand in den Mund. Hungern musste aber schon lange niemand mehr.

Zwei Jahre vor meinem Einstieg in diesen Zug war schon mein Bruder zugestiegen. Drei Jahre nach mir gesellte sich noch meine Schwester dazu. Das war dann aber auch genug. Drei Kinder waren so das, was man sich als Arbeiterfamilie in der Stadt noch gerade leisten konnte und wollte.

Meine Grossmütter hatten den Zug bereits lange vor meiner Geburt in unbekannte Richtung verlassen. Leider durfte ich die beiden nie kennen lernen. Mit dem Vater meines Vaters hatte ich nur noch ganz kurz vor seinem Verlassen meines Zuges Kontakt. Er wurde mir – ich war ein etwa dreijähriges Büblein – in einer Holzkiste, in ein weisses Nachthemd gekleidet, ruhig schlafend, als mein soeben verstorbener Grossvater präsentiert. Alle waren sehr traurig. Ich nicht. Für mich war es ein schönes Bild. Denn was ich sah war ein lieber, friedlicher alter Mann, der in Blumen gebettet einfach nur so vor sich hin döste.

Der Vater meiner Mutter hingegen war zwar auch im gleichen Zug unterwegs, aber in einem andern Wagen. Ziemlich weit weg von dem meinigen. Sowohl physisch wie auch psychisch. Er besuchte einige wenige Male unseren Wagen und kam sogar in unser Abteil. Aber jeweils nur für zwei, höchstens drei Tage. Ich war etwa vier Jahre alt, als auch er nicht mehr erschien. Ich nahm an, dass er den Zug irgendwo unterwegs verlassen hatte. Ich realisierte dieses auch «scheinbar traurige» Ereignis damals noch nicht so richtig. Und ich machte mir eigentlich auch nicht viele Gedanken über sein Wegbleiben. Denn wie gesagt, er befand sich ja in einem anderen, weit von uns entfernten Wagen.

Lernen, auf eigenen Füssen zu stehen

Mit der Zeit hatte ich gelernt auf den eigenen Füssen zu stehen und mich selbständig fort zu bewegen. Ich fing an, mich für mein weiteres Umfeld zu interessieren. Die Neugierde trieb mich aus meinem Viererabteil hinaus. Ich wollte erfahren, wer und was sich sonst noch so in meinem Umfeld aufhielt.

Ich stellte schon bald fest, dass es sich bei allen Passagieren in meinem Familienwagen ausschliesslich um Blutsverwandte meiner Eltern handelte. Alles Brüder und Schwestern von Vater und Mutter. Eigentlich so etwas wie meine erweiterte Familie. Da sassen alles Leute, die ich mir nicht ausgesucht oder gar zu mir eingeladen hatte. Die waren einfach schon vor mir da. Und es wurden auch immer wieder neue Cousins und Cousinen dazu geboren. Die wurden mir irgendwie zugelost. Ich hatte sehr schnell gemerkt, dass all diese Menschen selbständige Individuen waren. Jeder hatte seinen eigenen Charakter. Seine für ihn bestimmten Stärken und auch Schwächen. Es fiel mir auf, dass es sich jeweils um kleinere und grössere Menschengruppen handelte, die zusammen gehörten. Es waren alles Familien wie die meine. Wobei nicht zu übersehen war, dass die grösseren Gruppierungen ausschliesslich der Grossfamilie meiner Mutter angehörten. Sie stammte ursprünglich vom Lande, genauer gesagt aus dem luzernischen Entlebuch. Einer sehr streng katholischen Gegend, wo Grossfamilien noch ein Zeichen von gelebter Frömmigkeit waren. Meistens so acht bis zehn Kinder. Das war in etwa so das, was der Dorfpfarrer sehen wollte. Übrigens war die Familie meiner Mutter protestantisch und so etwas wie religiöse Immigranten. Religionskonflikte waren schon damals angesagt. Glaubenskriege und religiöses Mobbing waren an der Tagesordnung. – Die Verwandten meines Vaters hingegen bestanden vorwiegend aus kleineren Gruppen. Keine dieser Familien hatte mehr als drei Kinder. Das war damals fast die Norm für eine Familie in einem urbanen Umfeld.

Für mich war es richtig lässig, sich plötzlich so frei im Wagen bewegen zu können. Ich ging abwechslungsweise mal zu diesen oder jenen Anverwandten im Abteil. Bei den einen hielt ich mich etwas länger, bei den andern weniger lang auf. Zu einigen zog es mich überhaupt nicht hin. Ich hatte schon damals, in jungen Kindesjahren, sehr schnell gemerkt, wer gut zu mir passte und wer weniger. Mit den einen hatten sich schnell Freundschaften entwickelt, andern ging ich eher aus dem Weg. Aber alle bleiben mein ganzes Leben lang in meinem Zug und begleiten mich auf meiner Fahrt durch mein Leben. Sie gehören ja schliesslich zu meiner Familie. Bis auch für sie die Zeit kommen wird, auszusteigen.

Die Schulzeit

Ich wuchs heran, wurde grösser und schon bald begann für mich ein neuer Lebensabschnitt. Die Schulzeit. Dazu musste ich das erste Mal meinen eigenen Wagen verlassen, um einen andern, dafür vorgesehenen, aufzusuchen. Dieser andere Wagen schien genau gleich zu sein wie mein eigener. Nur die Menschen darin waren anders, mir sehr ähnlich. Die meisten waren in etwa gleich alt und gleich gross wie ich und wussten auch nicht mehr als ich selbst. Es war der «Schulwagen». Ich fand schnell heraus, was der eigentliche Grund dieses Zusammenschlusses war: die Erwachsenen hatten beschlossen, uns Kindern Wissen und Bildung beizubringen.

Im Gegensatz zu den Passagieren in meinem «Familienwagen» waren die Leute im «Schulwagen» ausschliesslich Fremde. Für mich jedenfalls eine völlig neue Situation. Nicht alle waren mir auf Anhieb sympathisch. Ich musste nicht unbedingt alle mögen. Und ich stellte fest, dass auch nicht alle Mitreisenden mich mochten. Eine der ersten Erfahrungen die ich machte: mir fiel auf, dass nicht alle Menschen gleich riechen. Die einen zogen mich mit ihrem Duft an, um andere hingegen machte ich gerne einen grossen Bogen. Ich konnte nun selber entscheiden, wen ich gut mochte, und wen weniger. Ich empfand zum ersten Mal in meinem Leben eine gewisse Freiheit. Die Entscheidungsfreiheit. Es entstanden meine ersten Freundschaften. Bindungen zum Teil, die ein ganzes Leben lang halten könnten. Man sollte sie nur pflegen. Begleiten in meinem Zug werden mich jedoch alle. Und alle werden zu meiner Reisebegleitung gehören, auf der Fahrt durch mein ganzes Leben. Wer einmal zu mir gestossen ist, wird automatisch Teil meines Lebens. Ob ich will oder nicht. Und das ist gut so.

In der Schule musste ich mich auch das erste Mal in meinem Erdendasein mit Obrigkeiten auseinandersetzen. Mir wurde eine erwachsene Person zugeteilt, respektive vor die Nase gesetzt, der ich in Zukunft zu gehorchen hatte. Ab sofort hatte ich zu machen, was sie sagte, und zu glauben, was sie mir erzählte. Das ganze hatte aber auch eine positive Seite: ich lernte jeden Tag etwas Neues dazu. Und jeder Tag brachte mir neue Erfahrungen, die ich wirklich nur ausserhalb meines Abteils und meines Wagens finden konnte.

In der Schule fiel mir sofort auf, dass es verschiedene Geschlechter gibt. Da mussten beispielsweise plötzlich im Turnunterricht die Mädchen und die Buben in verschiedene Umkleidekabinen. Streng getrennt voneinander. Wir hatten vorerst noch keine Ahnung, warum das so war. Wir hatten uns einfach daran zu halten. Die Jungs mussten sich von nun an mit Holz und Metall beschäftigen, während die Mädchen nähen und stricken durften. Das weckte natürlich die Neugierde in mir. Vor allem was den Geschlechterunterschied betraf. Ich stellte dann ziemlich schnell fest, dass der Unterschied in diesem Alter für die meisten eher unwichtig, ja sogar langweilig war. Nicht so für mich. Ich fing an, mich für das «andere» Geschlecht zu interessieren. Ich stellte fest, dass ich dieses Interesse auch mit andern Kindern teilte. Schliesslich waren es die Erwachsenen, die uns neugierig machten. Es gab soviel, worüber nicht gesprochen wurde. Tabus hatten Hochkonjuktur...

Bitte aussteigen!

Das erste Mal, wo ich bewusst realisiert hatte, dass ein geliebter Mensch den fahrenden Zug verlassen hatte war, als mir schonend beibracht wurde: «Dein Götti musste leider aussteigen. Er war eine lange Zeit sehr krank gewesen und hatte nicht mehr die Kraft, mit uns weiter zu reisen. Er wurde gebeten, auszusteigen». In meinem jungen Alter war das zunächst mal einfach schockierend. Denn meine erste Sorge war: «wer wird mich in Zukunft an Weihnachten, Geburtstagen, Ostern und ähnlichen Gelegenheiten beschenken?» Der Pate wurde damals nicht aus der eigenen Familie rekrutiert. Man suchte sich jemanden ausserhalb der Verwandtschaft. Kollegen, Weggefährten und gute Bekannte der Eltern kamen da schon eher in Frage. Jedenfalls Leute, von denen man glaubte, sie zu kennen. Der Patenonkel und die Gotte sollten wenn immer möglich schon gut situiert sein. Denn schliesslich waren sie vorgesehen, im schlimmsten aller Fälle für mich da zu sein, falls den Eltern etwas zustossen sollte. Also quasi als Garant, dass mein Leben weiterhin finanziell abgesichert ist. Trotz der Tatsache, dass mein Patenonkel fast so etwas wie ein richtiger Onkel war – jedenfalls nannten ihn meine Geschwister so – fuhr er niemals in unserem Familienwagen mit. Es konnte schon vorkommen, dass sich der Götti einige Wagen weiter entfernt aufhielt und im Laufe der Zeit immer wieder neue Wagen dazwi-

schen kamen. Mein «Götti» war, soweit ich mich erinnern kann, immer im «Spitalwagen» unterwegs. So war
denn die Beziehung auch nicht so intensiv, wie sie hätte
sein sollen. Er hatte wirklich andere Probleme, als sich
um mein Wohlbefinden zu kümmern.

Und plötzlich Halbwaise

Einige Jahre waren wir dann relativ sorglos unterwegs. Bis zu jenem Tag – ich hielt mich gerade in der Schule auf –, als der Lehrer mich für eine sehr persönliche Mitteilung zu sich vor die Türe bat. Ich fragte mich sofort: «was habe ich denn jetzt schon wieder angestellt?». Ich war ja schon ein richtiger «Lausbub».

«Dein Vater ist gestorben; er hat den Zug unverhofft verlassen». Das war seine kühle, emotionslose Message an mich. «Du kannst jetzt in Deinen Wagen, in Dein Abteil, zu Deiner Familie zurück». Ich hatte meinen Vater nicht aussteigen gesehen. Ich hatte keine Chance bekommen, mich von ihm zu verabschieden. Also musste er sich, davon war ich überzeugt, noch immer in meinem Zug aufhalten. Daran jedenfalls glaubte ich noch während Jahren. Ihn irgendwann, irgendwo in irgend einem Abteil wieder zu erkennen. Ich war der festen Überzeugung, dass er an irgendeinem Ort noch lebte. Dass ich mich jeweils täuschte, wenn ich glaubte, ihn wieder gefunden zu haben, musste ich fortan immer wieder bitter erfahren. Ich litt sehr unter diesem Umstand, denn physisch war er wirklich weg. Für immer. Psychisch allerdings war er omnipräsent und fuhr weiter mit mir mit. Ganz sicher in meinem Herzen.

Nicht zu vergessen: wir fuhren mit dem Zug durch die 50er-Jahre und es gab immer noch die 3. Eisenbahn-Klasse. Frauenstimmrecht konnte man sich überhaupt noch nicht einmal vorstellen. Die Frauen hatten nicht nur kein Stimmrecht, sie hatten fast überhaupt keine Rechte. Mütter hatten die Pflicht zu kochen, zu putzen, Kinder zu kriegen und sie auch zu erziehen, für die Kinder und den Mann da zu sein, wenn sie, in welcher Weise auch immer, gebraucht wurden.

Plötzlich stellte man die Kompetenz meiner Mutter, Kinder zu erziehen, in Frage. Für uns Hinterbliebene war sofort klar, dass wir in unserem Abteil viel näher zusammenrücken mussten, um weiterhin als Familie bestehen zu können. Wir mussten uns fortan für alles, was wir machten, rechtfertigen, und gegen alles, was die andern machten, wehren. Je näher wir zusammenrückten, umso stärker fiel uns auf, wie die Lücke immer grösser wurde, die unser Vater hinterlassen hatte.

Auch Lehrer können Feiglinge sein

Dass ich von einem Tag auf den andern keinen Vater mehr hatte, gab mir als Erster mein Lehrer zu verstehen. Er hatte jetzt an Macht über mich dazu gewonnen. Also wählte mich der Herr Ammann als denjenigen Schüler aus, der ab sofort für alles «Negative» schuldig zu sein hatte. Ich musste plötzlich für alle alles «ausfressen». Es war ja kein Vater mehr da, der mich beschützen konnte. Und meine Mutter, jetzt Witwe mit drei unmündigen Kindern, war nun definitiv zur «Persona non grata» mutiert. Nie hätte ich gedacht, dass Lehrer so falsch und parteiisch, vor allem aber so feige sein konnten. Mein Verhältnis zu sogenannten Erziehern und Pädagogen, dazu gehörten auch die Gottesdiener, wurde von Tag zu Tag gestörter.

Einige Beispiele:
Ein Schüler hatte in der Schulpause despektierliche Sprüche über unseren «Pädagogen» an die Wandtafel geschrieben. Als der Lehrer nach der Pause in die Klasse zurückkam und das Geschriebene sah, zeigte er ohne zu zögern auf mich und befahl mir in barschem Ton: «Lösch das sofort wieder aus und dann erklärst du mir und der ganzen Schulklasse, wieso du das geschrieben hast.» Ich wurde wieder einmal «bloss gestellt». Als ich mich dann zu rechtfertigen versuchte, dass er doch erkennen müsste, dass das nicht meine Schrift sei, und dass ich das aus verschiedenen erklärbaren Gründen auf keinen Fall geschrieben haben konnte, wurde ich

doppelt bestraft: einmal für meinen verantwortlichen Schulkollegen, den ich nicht verraten wollte, und ein zweites Mal weil ich als ein Lügner und Feigling hingestellt wurde, der nicht zu seinen «Schandtaten» stehen wollte. Ich hatte schlicht kein Recht auf eine Erklärung oder Verteidigung. Keine Chance. Die Strafe mit dem Bambusstock folgte unverzüglich. Der Lehrer hatte wieder einmal Gelegenheit, seine Macht gegenüber wehrlosen Kindern zu demonstrieren.

Ein andermal waren wir auf einer zweitägigen Klassenfahrt. Die Stimmung am Abend war sehr ausgelassen und fröhlich. Das ging anscheinend so weiter bis weit in die Nacht hinein. Jedenfalls war ich dann auch irgendwann im Bett und sofort eingeschlafen. Wir hatten ja tagsüber eine mehrstündige Wanderung hinter uns gebracht. Ich wurde plötzlich abrupt aus dem Schlaf wachgerüttelt und musste feststellen, dass es der Lehrer war, der mich da durchschüttelte. Er schrie mich an: «Wenn du nicht endlich Ruhe gibst und die andern weiterhin bei ihrem wohlverdienten Schlaf störst, wirst du im Freien übernachten müssen!» Ich stellte schlaftrunken die Frage: «Entschuldigung – um was geht es denn hier? Sie haben mich aufgeweckt...» Weitersprechen konnte ich nicht. Denn das genügte, um mich vor die Türe ins Freie zu setzten. Eine Rechtfertigung wurde mir nicht zugestanden.

Ein erneutes Mal wurde mir eine Strafe angehängt, für die es einfach keinen Grund gab. Als «Belohnung» musste ich über Nacht unzählige Rechnungsaufgaben schriftlich lösen. Da ich wegen meinen zahlreichen Nebenjobs nach der Schule zeitlich sehr eingeengt und ausserdem ein sehr guter «Kopfrechner» war, habe ich die Aufgaben nur rudimentär notiert und mit den Resultaten versehen. Die Rechnungen konnte ich in kurzer Zeit alle fehlerfrei lösen. Wieder wurde ich als Betrüger und Lügner hingestellt, obwohl ich keine Möglichkeit hatte, die Lösungen irgendwo abzuschreiben. Das wusste auch jeder. Ausser dem Lehrer. Der wollte das nicht wissen. Der hatte entschieden, dass ich die Resultate geklaut haben musste. Der «Erzieher» hatte seinen Sündenbock, für was auch immer, und ich hatte niemanden, der mir den Rücken stärkte.

Es gäbe noch unzählige Beispiele, wie sich Lehrer damals(?) stark fühlten gegenüber schwachen, wehrlosen Opfern. Heute weiss ich, die wirklich Schwachen waren die Lehrer. Ob sich die Machtverhältnisse in der Zwischenzeit verschoben haben? Ich weiss es nicht! Ich mache mir auch nicht die Mühe, es heraus zu finden. Ich weiss nur sicher, dass sich auch diese Pädagogen in meinem Zug aufhielten. Bis sie rausgenommen wurden.

KESB hatte damals noch keinen Namen

Wir standen immer mehr unter Beobachtung. Jetzt begann die Einmischung von Ämtern und Beamten. «Kesb» gab es damals noch nicht – jedenfalls hiessen diese Büros mit all ihren Beamten und Heerscharen von Besserwissern und Spezialisten noch nicht so. Fremde Leute aus weit entfernten Wagen besuchten uns plötzlich regelmässig, um uns zu erklären, dass nur sie wüssten, was gut und was schlecht für unsere Familie sei. Der Frau, die schon immer dafür verantwortlich war, dass unsere Familie funktionierte – auch als der Vater noch lebte – wurde jetzt die Fähigkeit, Kinder alleine gross zu ziehen, abgesprochen. Niemand von den Behörden, die sich massiv in unser Leben einmischten, fühlten sich verantwortlich für unsere finanzielle Sicherheit. Das überliess man unserer Mutter. Ein langer Kampf begann. Immer mussten wir uns aufs Neue beweisen. Sehr viel Kraft wurde benötigt, um unser Abteil zu verteidigen und einigermassen autonom zu bleiben. Mit der Zeit hatten wir uns an die neue Situation gewöhnt. Wir hatten gelernt, uns durchzusetzen und für unsere Rechte zu kämpfen. Natürlich fehlte uns der Vater nach wie vor an allen Ecken und Enden. Trost gab uns aber die Überzeugung, dass seine Seele weiterhin mit uns unterwegs war.

Unsere Mutter musste, als Mädchen auf dem Lande aufgewachsen, nach der 7. Klasse die Schule beenden. Es waren die Zwanziger- und Dreissiger-Jahre des 20. Jahrhunderts. Die bisher grössten wirtschaftlichen Kriesenjahre. Lehrstellen gab es im Entlebuch zu dieser Zeit praktisch keine. So blieb den jungen Frauen nicht viel anderes übrig, als sich Arbeit in einer der wenigen Fabriken oder bei einem Bauern als Magd zu suchen.

Als relativ junge Witwe, sie war gerade mal 40 Jahre alt, mit drei schulpflichtigen Kindern am Hals, fehlte ihr jetzt natürlich eine Berufsausbildung. Sie fand aber glücklicherweise als «Ungelernte» bald eine Arbeit – vorerst als Hilfskraft – in einer Grossdruckerei. Die Bezahlung war miserabel. Ein bisschen Stolz und Selbstachtung waren das einzige, was sie noch hatte. Zur Fürsorge wollte damals niemand gehen. Jedenfalls meine Mutter nicht. Für sie war das als würde sie «betteln gehen». Das hätte auch geheissen: Letzte Reste von Freiheit, Unabhängigkeit und Autonomie für die Familie wären weg gewesen. Für die Behörden und Ämter ein «gefundenes Fressen». Alle warteten darauf, dass wir Fehler machten. Sie wären dann in ihrer vorgefassten Meinung bestätigt worden und als Sieger dagestanden. Sieger allerdings gegen einen «Gegner» dem man sowieso nichts zutraute. Das Motto war zu dieser Zeit schon: wer bezahlt, der befiehlt auch. In unserem Falle wären wir also den Sozialbeamten voll ausgeliefert gewesen.

Selbsthilfe

Wir alle drei Kinder mussten also als Schüler unserer Mutter helfen, Geld zu verdienen. Das heisst, ich war Ausläufer in einer Bäckerei, mein Bruder ebenso in einer Apotheke und die kleine Schwester, sie war damals gerade mal zehn Jahre alt, hütete Kleinkinder. Sie war selbst noch fast ein Baby, aber bereits «Babysitter». So kam genug Geld zusammen, dass wir Kinder uns wenigsten die Klamotten selber kaufen konnten. Eine grosse Entlastung für unsere Mutter. Meine ersten Jeans allerdings konnte ich mir nicht selber leisten. Neue waren für mich unerschwinglich. Ein Schulkamerad «aus gutem Hause», natürlich war er in der 1. Klasse unterwegs, erbarmte sich meiner und schenkte mir seine alten, ausgetragenen Bluejeans. Ich war extrem stolz auf dieses Teil. Ich gehörte ab sofort auch «dazu». Wenigstens kleidermässig.

Mein persönlicher Tagesablauf während der Woche sah folgendermassen aus: morgens Schule, in der Mittagspause zu Fuss, ca. 15-minütiger Weg, in die Bäckerei rennen. Rückenkorb, sprich Hutte, mit etwa 15 kg Brot bestückt fassen – ich war gerade mal 13 Jahre alt und 1,40 m gross. Mit dem alten, für mich viel zu grossen Militärvelo fuhr ich dann los, um in der weiteren Umgebung der Bäckerei Backwaren an Kunden auszuliefern und dafür gleich Geld zu kassieren. Trinkgeld gab es selten bis nie und wenn ich einen Fehler beim Rückgeld machte, musste ich selber für den Schaden aufkommen. Selbstverständlich gab es keine Versicherung für solche Fälle.

Wenn die Hutte leer war, zurück zur Bäckerei und abrechnen. Dann gab es für mich noch das Essen, das übrig geblieben war. Meistens bereits kalt, denn die Bäckersleute hatten schon während meiner Tour gegessen und Mikrowelle zum aufwärmen gab es damals noch nicht. Nach dem Essen zurück in die Schule rennen, denn das alte Militärvelo war ein reines «Geschäftsfahrrad». Nach der Schule sofort zurück in die Backstube und Backbleche reinigen. Die Zeit für diese Arbeit war immer verschieden lang. Je nach dem wie der Bäckergeselle an diesem Tag gerade drauf war. Wenn er gute Laune hatte ging es relativ schnell. War er jedoch mies gestimmt war, konnte es vorkommen, dass er sämtliche Backbleche mit Eiweiss oder Zuckerglasur oder Schokolade vollschmierte. Um sechs Uhr abends oder auch später war es dann soweit: Feierabend und sofort nach Hause um Schul- und nicht selten Strafaufgaben zu machen. Denn ich war in erster Linie ja schliesslich noch ein Kind und die Schule hatte Priorität 1.

Weil ich bei diesem Job schlecht verdiente – ich bekam pro Arbeitstag einen Franken – habe ich mir noch einen Zusatzverdienst gesucht. Zwei für mich «uralte» ledige

Schwestern suchten jemand, der ihnen im Winter jeden Samstag eine Wochenration Holz für die Heizung vom Estrich in die Wohnung trug. Ironischerweise waren sie beide pensionierte Lehrerinnen. Ich bewarb mich um den Job und bekam prompt die Zusage. Vermutlich mangels weiterer Bewerber. So musste ich fortan jeden Samstag pünktlich um 13 Uhr zum Holztragen antraben. Für diese Schwerarbeit bekam ich pro Samstag 50 Rappen. Auf den ersten Blick fand ich das eine sehr gute Bezahlung, denn die effektive Arbeit dauerte nur gerade 15 Minuten. Was ich aber nicht mit einberechnet hatte, war die heimtückische Art dieser beiden Ex-Pädagoginnen. Da beide wie gesagt alt und deshalb auch nicht mehr so gut zu Fuss waren, kamen sie nur noch selten von ihrer 5. Etage (ohne Lift!) mit andern Leuten in Kontakt. Also musste ich mich ihnen nach dem Holztransport für längere Gespräche «opfern». Dabei ging es meist um Belanglosigkeiten. Zeitungen hatten sie keine abonniert und Fernsehgerät besassen sie auch keines, also musste ich sie über die abgelaufene Woche informieren. Nur hatte ich nichts, das ich ihnen erzählen konnte. Mal ehrlich, was haben sich fremde Leute mit fast 70 Jahren Altersunterschied schon zu sagen? Die Konversationen respektive «Ausfragereien» konnten locker 2 bis 3 Stunden in Anspruch nehmen. Der Clou an der ganzen Geschichte: Ich bekam meine

50 Rappen erst, wenn sie fanden, das Gespräch sei jetzt beendet. Fazit: 50 Rappen für jeweils an die 3 Stunden Zeitaufwand, die meiner Kinderfreizeit abgingen...

Parallel zu diesen Geschichten war ich ja auch noch Schüler der Primarschule. Und bald schon stellte sich mir die Frage, wie es da weiter gehen sollte? Das mit der Schule. Altersmässig wäre jetzt eigentlich ein Wechsel in die Sekundarschule Thema gewesen. Von ca. 26 bis 30 Schülern einer Klasse schafften die Aufnahmeprüfung für die «Sek» gerade mal 5 bis 8 Schüler. Ich stellte mir vor, auch einer von denen zu sein. Dazu musste man aber ein Anmeldeformular ausfüllen und mit der Unterschrift der «elterlichen Gewalt» versehen an den Lehrer abgeben. Notendurchschnitt zählte damals nichts. Und wenn ein guter Schüler einen schlechten Prüfungstag erwischte, hatte er einfach nur Pech gehabt. Für reiche Kinder war das aber kein Problem – die gingen dann eben mal in eine «Privatschule». Als ich das Formular meiner Mutter zur Unterschrift vorlegte, flippte diese völlig aus: «Hast du den Verstand jetzt ganz verloren? Du hast da überhaupt nichts zu suchen. Wer soll die Kosten für die Bücher und die Schuluniform bezahlen? Meinst Du eigentlich, das Geld liege auf der Strasse?» Zu meiner Beruhigung meinte sie noch tröstend und versönnlich: «Lieber ein guter Primar- als ein schlechter Sekundarschüler...»

Teenager- und Jugendjahre

Zwischenzeitlich mussten wir im Zug umsiedeln. Die 3. Klasse der SBB wurde definitiv abgeschafft und wir fanden uns in der 2. Klasse wieder. Die Luxusklasse blieb bestehen, während die unteren beiden zusammengelegt wurden. Alles sah plötzlich ein bisschen erträglicher und angenehmer aus. Das bedeutete: das gesamte Proletariat rückte näher zusammen. Es gab jetzt auch wieder Arbeit für alle. Man erholte sich langsam von den Kriegsjahren und war damit beschäftigt, das europäische Wirtschaftwunder aufzubauen. Es gab Hoffnung in die Zukunft. Für alle!

In meiner Teenagerzeit wurden verschiedene neue Wagen an meinem Zug angehängt. Die Zugkomposition und die Anzahl der mitreisenden Passagiere wurde jetzt rasant grösser. – Neu hinzu kam zum Beispiel ein «Vereinswagen». – Nebst der Schule begann ich, meine spärliche Freizeit zu organisieren. Für mich zur Auswahl standen entweder ein Musikverein oder ein Fussballclub. Ich musste mich entscheiden. Das heisst, eigentlich wurde über mich entschieden. Im Musikverein wurden einem die Instrumente und alles, was es sonst noch so brauchte,

wie zum Beispiel die Uniform, gratis zur Verfügung gestellt. Im Fussballclub hingegen musste man sich die nötigen Utensilien selber kaufen und zusätzlich noch einen Mitgliederbeitrag bezahlen. Also war für mich schnell klar: der Musikverein hatte das Rennen gemacht. Obwohl ich viel lieber Fussball gespielt hätte.

Dann kam da noch der «Berufswagen» und gleich hintendran der «Militärwagen» dazu. Den «Schulwagen» hatte ich nun hinter mir gelassen und auch gedanklich gleich zu hinterst an die Komposition angehängt. Ich war froh, endlich diese Zwänge loszuwerden. Im Nachhinein stellte ich fest, dass mir die wirklichen Zwänge noch bevorstanden.

Die schulischen Stärken lagen bei mir hauptsächlich im kreativen Bereich. Da war aber auch noch die Liebe zur Sprache. Die Kombination dieser Fächer zeigten eindeutig in Richtung grafische Berufe. Ich fühlte mich dazu berufen. Und da stand ganz klar der Beruf des Typographen im Vordergrund. Das ganze Projekt hatte aber einen Haken: um eine Schriftsetzerlehre machen zu können, war das Absolvieren der Sekundarschule die erste Voraussetzung. Ausserdem musste man beim kantonalen Berufsverband eine Aufnahmeprüfung bestehen. Primarschüler wurden da aber nicht zugelassen. Mit der Bestätigung der Prüfungskommission, den Test bestanden zu haben, erhielt man dann eine Liste der möglichen freien Lehrstellen, wo man sich bewerben konnte. Es sah richtig Trist aus für meine Zukunftspläne. Ich musste mir etwas einfallen lassen. Also beschloss ich, den umgekehrten Weg zu gehen. Ich suchte mir zuerst eine Lehrstelle und versprach dem potentionellen Lehrmeister die Aufnahmeprüfung auf jeden Fall zu schaffen. Meine Mutter hatte ich über meine Pläne nicht informiert. Ich wollte sie nicht mehr belasten als nötig. Ich fand dann auch, ganz ohne fremde Hilfe, einen möglichen zukünftigen Lehrmeister. Jetzt kam dieser zum Zug. Er meldete mich bei der Prüfungskommission an, mit der Begründung, einem Primarschüler auch mal die Möglichkeit zu bieten, sich zu beweisen. Dass das gelogen war, merkte ich schon bald. In Wirklichkeit war es so: kein Sekundarschüler wollte bei ihm die Lehre machen. – Ich vergesse den Tag nie, als ich mich mit weiteren fünf Aspiranten in die Kantonshauptstadt aufmachte. Auf der Fahrt dorthin wurde mir ganz mulmig, als diese sich allesamt als Sekundarschüler auswiesen. Mit grossem Einsatz und einigen glücklichen Umständen, aber auch mit einer guten Portion Frechheit und genügend Selbstvertrauen, habe ich als einziger dieser Gruppe die Prüfung bestanden. Alle Menschen in meinem näheren Umfeld waren plötzlich sehr stolz auf mich, denn «Schriftsetzer» galt damals als sehr angesehener, fast elitärer Beruf. Ich liess es zu, dass viele Leute meinen Erfolg mit mir teilten…

Doch damit kamen auch die ersten wirklich harten Herausforderungen auf mich zu. Jetzt wurde nicht nur die Erziehungskompetenz meiner Mutter in Frage gestellt. Man begann auch meine charakterlichen Eigenschaften zu hinterfragen. Es konnte doch nicht sein, dass ein vaterloser «Lümmel» rechtschaffen war. Da muss doch vieles falsch gelaufen sein. So ganz ohne Einmischung der hochqualifizierten Behörden. Jedenfalls was die Kindererziehung und ähnliche Dinge betrifft. Jeder, der glaubte Erwachsen zu sein, wähnte sich plötzlich kompetent genug, um aus mir etwas «Anständiges» zu machen. Keiner hat mich je unterstützt oder gar gefördert. Alle haben mich mehr oder weniger gefordert und jetzt wollten plötzlich all diese Menschen meine Förderer gewesen sein. Jeder wollte später Anteil haben, wenn aus mir tatsächlich doch noch etwas werden sollte. Und das alles für die Statistiken. Denn es durfte doch nicht sein, dass eine alleinerziehende Mutter drei schulpflichtige Kinder erfolgreich durchs Leben bringt. Man wartete förmlich darauf, dass wir Fehler machten. Darauf wartete man allerdings vergebens...

Mein Lehrmeister

Ich hatte eine sehr fordernde, anspruchsvolle und interessante Ausbildung begonnen und nach vier Jahren auch erfolgreich abgeschlossen. Die Jahre dazwischen mussten meine Mutter und ich viele harte Kämpfe gegen die Obrigkeiten ausfechten. Immer wieder fühlte sich irgend jemand dazu berufen, uns zu bevormunden und mich auf den, für sie, «einzig richtigen Weg» zu bringen. Doch für mich war der Weg vorgegeben. Ich bin ja auf meiner Lebenslinie unterwegs...

Da war zum Beispiel mein Lehrmeister. Ich war ihm ja sehr dankbar, dass er sich vorgängig so für mich eingesetzt hatte. Das heisst, ich dachte, er setzte sich nur für mich ein. Später merkte ich, dass er mit einem Sekundarschüler nie hätte umgehen können, wie er das mit mir getan hat. Der Lehrbetrieb war technisch total überaltert und bestand aus genau zwei Leuten: Dem Meister und dem Lehrling. Als wir uns kennen lernten war er 64, ich 16. Ein durchaus frustrierter alter Mann, der in einem Haus «getrennt» mit seiner Frau lebte. Scheidung war zu dieser Zeit nicht schicklich. Man wollte und musste in der «Gesellschaft» unbedingt das Gesicht wahren. Also beschloss man, sich täglich auf kleinstem Raum zu begegnen, zu verachten und zu beleidigen. Der Sohn dieses ungleichen Paares hielt diese Situation nicht lange aus und verliess das Elternhaus kurz vor meinem Lehrbeginn. Er war nicht viel älter als ich! Jetzt hatte mein Meister in mir den perfekten

Ersatz gefunden: ein vaterloser Junge, den man unbedingt zu einem anständigen, rechtschaffenen Mann formen musste.

Die Schikanen begannen bereits nach einer Woche Lehrzeit. So liess er meine Mutter nach einem harten, arbeitsreichen 10-Stunden-Tag jeweils mit mir zusammen in seinem Büro aufmarschieren, wenn ihm wieder mal eine Schickane eingefallen war. Sein Büroraum war äusserst unordentlich und schmutzig und klein. Seine «Alibi-Ehe-Frau» weigerte sich kategorisch, für ihn zu putzen, zu waschen, zu kochen. Eigentlich machte sie überhapt nichts mehr für ihn. Dem Mann drohte, in seinem eigenen Dreck zu ersticken. Und jetzt fing er an, auf mir herum zu nörgeln. Wenn ich in dem engen Raum mit der Schulter die Wand berührte, schrieh er mich an: «bist du so faul, dass du an die Wand lehnen musst?» Oder wenn ich aus lauter Verlegenheit unbewusst eine Hand in die Hosentasche steckte, hiess es: «frierst du an die Hände?» (es war ein warmer Maitag). So wollte er mir und der jungen Witwe immer wieder demonstrieren, dass nur er wusste, was rechtschaffen und anständig war und wie man sich zu benehmen hat.

Die ersten Monate meiner Lehrzeit verbrachte ich vor allem damit, im Garten Unkraut zu jäten, Holz für den Ofen vom Estrich zu schleppen und ums Haus herum jeden Tag das Trottoir sauber zu halten. Schliesslich zählte ja nur der äussere Eindruck. Hauptsache, die Fassade glänzte. Nach einer geraumen Zeit erinnerte sich mein Patron daran, dass er mich, laut Lehrvertrag, zum Ty-

pographen ausbilden sollte. Endlich lernte ich in sehr kurzer Zeit sehr schnell und sehr viel. Auch dank der Kunstgewerbe- und Berufsschule. Nach etwa zwei Lehrjahren wurde ich zum «vollverrechenbaren» Gehilfen «befördert». Das hiess, mein Lehrlingslohn blieb der gleiche, aber den Kunden wurde ich ab sofort als eine vollwertige Arbeitskraft verrechnet. Das machte mir aber nichts aus. Ich war jetzt vor allem stolz auf mein Fachwissen und meine Arbeitsleistung.

Zwischendurch wurde ich aber immer wieder mit Aufgaben betraut, die man nur von einem Primarschüler verlangen konnte. Zum Beispiel war es mein Job, von Zeit zu Zeit mit einem alten «Geschäftsfahrrad» mit dazugehörendem Anhänger in ein ca. 25 km entferntes Dorf zu fahren, um grössere Mengen von Briefumschlägen für die Druckerei abzuholen. Bei jedem Wetter. Die Ware wurde selbstverständlich wasserdicht verpackt. Bei Regen wurde eigentlich nur immer ich richtig nass. Und so wartete ich selbstbewusst und voller Vorfreude auf meine Abschlussprüfung.

Mein Experte für die Abschlussprüfung war ausgerechnet der Direktor des Betriebes, in dem meine Mutter arbeitete. Nach Beendigung der Prüfungstage meinte er zu mir: «Ich denke du hast die Prüfung bestanden. Aber zwecks Besprechung des Ergebnisses hast du bei mir zu Hause zu erscheinen.» Er gab mir seine Adresse und einen Termin – natürlich in meiner Freizeit. Für mich begannen Tage der absoluten Unsicherheit und der Angst, die Prüfung eventuell doch nicht bestanden zu haben. Das hätte geheissen, noch mindestens ein halbes Jahr im Dienste meines Lehrmeisters verbringen zu müssen. Endlich kam der Tag, an dem ich beim Herrn Experten antraben «durfte». Ich erschien in seiner Villa und wurde zuerst einmal für eine halbe Stunde vor dem Schreibtisch des für mich in diesem Moment «mächtigsten» Mannes der Welt ignoriert und stehen gelassen. Dann erhob er sein «weises» Haupt und begann mir während einer weiteren halben Stunde zu erklären, dass ich alles nur ihm zu verdanken hatte. Schliesslich hätte er es in seiner Hand, ob und wie ich die Prüfung bestehe oder nicht. Und für die hervorragenden Prüfungsnoten habe er beide Augen zugedrückt. Mir war jetzt klar, warum er mich zu sich nach Hause kommen liess: Alles, was er mir mitteilte waren Dinge, die er vor Zeugen so nie hätte sagen können. Ich kam mir vor wie im Zoo. Wie einer, der einen Affen fütterte. Mit jeder Banane, die er mir entlockte, geiferte er mehr und mehr und war stolz über sein «soziales» Verhalten. Mir war sofort klar, ich werde in Zukunft nie wieder «Affen» füttern…

Für mich war jetzt eine vierjährige Tortur mit einem theatralischen Akt zu Ende gegangen. Es galt jetzt, meine ehrliche, anständige und vor allem selbstbestimmte Zukunft zu planen.

Wo «echte Männer» gemacht werden

Unterdessen war für mich die Zeit gekommen, in den «Militärwagen» zu wechseln. Mir wurde prophezeit: «Du gehst als Nobody in diesen Wagen und wirst als «echter Mann» zurück kommen». Diese Vorhersage konnte von mir leider nicht eingehalten werden. Mir wurde ziemlich schnell klar, dass es kein Militär braucht, um ein «echter Kerl» zu werden. Eigentlich ging es für mich nur noch darum, diese sogenannte Männlichkeit zu beweisen, respektive nicht zu verlieren. Meine Meinung war immer schon: es braucht überhaupt kein Militär. Ich stellte mir vor, es gäbe keine Soldaten und keine Armeen – ergo gäbe es auch keine Kriege... Eigentlich recht naiv von mir. Denn ich hatte vergessen, die vielen verschiedenen Religionen mit einzubeziehen...

Die «Oberen» beim Militärpersonal waren voll darauf besessen, für die Rekruten das Denken zu übernehmen. Für mich war es von Anfang an schwer zu akzeptieren Befehle auszuführen, die meist von fast gleichaltrigen, verwöhnten, selbstherrlichen und zum Teil auch ungebildeten Vorgesetzten aus- aber selten zu Ende gedacht waren. Nach meiner Auffassung war ja «Selberdenken» in der Rekrutenschule eher verpöhnt. Zwar wurde immer befohlen mitzudenken – aber dann bitte nur genau das gleiche, was sich die Herren Leutnants und Korporale vorher ausgedacht hatten. Mir ging immer wieder durch den Kopf: «du selbst hast eine wirklich harte Realität hinter dir – musstest von Kindheit an lernen, dich durchzusetzen und deine Rechte zu verteidigen und Pflichten wahrzunehmen.» Dabei musste ich weder Waffen noch Gewalt anwenden. Verteidigung ohne Gewalt und ohne Waffen sollte doch möglich sein. Und jetzt diese neue Situation. Ich musste plötzlich ein Maschinengewehr «fassen», um damit zu lernen, auf Holzscheiben zu schiessen, die die Form von Menschen hatten. Das hiess im Klartext: im «Notfall» fremde Menschen zu töten die ich nicht kenne und die ich deshalb auch nicht hassen kann. – Ich konnte mich damit nicht anfreunden. Leider hindert mich meine Realitätsnähe daran, ein echter Pazifist zu sein.

Und so war ich extrem froh, nach 17 Wochen diesen Verein verlassen zu können. Mein Wunsch war, dass dieser «Militärwagen» ganz zuhinterst an meinem Zug angehängt wurde und ich ihn nie mehr betreten müsste. Das heisst, es darf nie mehr Krieg geben.

Das Abenteuer Leben konnte nun beginnen

Die Schulzeit, die Berufsausbildung und das Militär waren nun sinnbildlich und wortwörtlich hinter mir. Diese Wagen wurden allesamt an den Schluss des Zuges angehängt. Es war jetzt an der Zeit, endlich einmal meinen Zug so richtig zu erkunden. Etliche Menschen sind immer und immer wieder neu zugestiegen. Die Komposition war in der Zwischenzeit recht angewachsen. Viele neue Wagen mussten auf meiner Lebensreise zusätzlich angehängt werden. Ich musste unbedingt mal so etwas wie ein Inventar meiner Reisebegleitungen aufnehmen. Dazu begab ich mich auf einen Streifzug durch all diese Wagen und Abteile.

Ich lief also los, allgemeine Richtung Lokomotive. Mein angepeiltes Ziel war die erste Klasse. Ich wollte endlich erfahren, wie es sich anfühlt, in dieser obersten Klasse zu reisen. Ich durchkämmte als erstes aber alle Abteile der 2. Klasse und traf links und rechts des Korridors ausschliesslich auf Leute, denen ich schon mal begegnet war. Jeder einzelne dieser Menschen war mir bekannt. Einige sogar sehr vertraut, andere weniger. Aber alle waren auf meiner Bahnfahrt des Lebens irgendwo und irgendwann zugestiegen...

Erinnerungen wurden geweckt. Ich sah, dass sich die meisten der mitreisenden Passagiere seit dem «Einsteigen in mein Leben» verändert hatten. Meist zum Positiven hin. Freunde und Kollegen aus früheren Zeiten, aus dem «Schulwagen» zum Beispiel, sassen plötzlich vor mir als erwachsene Personen. Sie hatten sich auf viele verschiedene Wagen verteilt. Gespräche kamen hier und dort zustande. Interessante, spannende, farbige, lustige, aber auch belanglose, langweilige, nichtssagende. Es waren auch Passagiere dabei, von denen ich mir gewünscht hätte, sie wären nie eingestiegen. Aber auch diese waren immer noch da. Es wurde mir ziemlich schnell bewusst, dass ich niemals Einfluss nehmen könnte, wer in meinem Zug bleiben darf und wer aussteigen müsste. Wer einmal dazu gekommen war, blieb auch für immer dabei. Alle sind ein Teil meiner Reise durchs Leben geworden.

Ich entdeckte bereits im ersten Wagen meinen Schulfreund Ernst. Er hatte mich fast durch meine ganze Schulzeit begleitet. Danach hatten wir uns mehr oder weniger aus den Augen verloren. Aber er sass nicht alleine da. Mit seinen 20 Jahren hatte er bereits eine eigene Familie. Eine Frau, einen Sohn und ein Töchterlein. Der «musste» doch tatsächlich als siebzehnjähriger Teenager seine Sandkastenliebe heiraten. «Heiraten musste» deshalb, weil es zur damaligen Zeit noch «Ehrensache» war, ein Mädchen, das man geschwängert hatte, auch wirklich zu ehelichen. Die Pille war damals noch kein Thema. Eigentlich sprach man über Sexualität nur hinter vorgehaltener Hand. Mir schien aber, das Glück dieser Familie sei perfekt. Doch seine gleichaltrige Angetraute nahm mich zur Seite und begann, mir ihr Leid ins Ohr zu klagen. «Der Ernst hat das Gefühl, einiges im Leben verpasst zu haben. Vielmals geht er mit seinen Kumpels nach der Arbeit in die Kneipe, kommt erst spät abends nach Hause. Kannst Du ihm nicht einmal ins Gewissen reden und ihn daran erinnern, dass wir schliesslich verheiratet und eine Familie sind?» Ich sah das für mich als eine soziale Aufgabe und nahm mir Ernst schon mal zur Brust. Mit harten Worten erinnerte ich ihn an seine Verantwortung als Ehemann und Familienvater. Und an alles andere, das er seiner Braut während der Hochzeitszeremonie versprochen hatte – immerhin vor Gott und allen anwesenden Hochzeitsgästen. Diplomatisches Verhalten kannte ich damals noch nicht mal vom Hörensagen. Er war schnell recht einsichtig und fürs Erste schien mir, als hätte ich die Ehe gerettet. Ich war extrem stolz auf meine «psychologischen Fähigkeiten». – Ich hatte nicht mit einem Veto von Erna, seiner Angetrauten, gerechnet. Die gleiche Person, die mich bat, ihrem Ehemann ins Gewissen zu reden, hatte ihre Meinung von eben kurzerhand geändert: «Was fällt Dir eigentlich ein, so mit meinem Ernst umzugehen? Was glaubst Du überhaupt, wer Du bist?» Ich verstand die Welt nicht mehr. Mir wurde aber sofort klar: ich werde mich zukünftig nie wieder in eine fremde Ehe einmischen. Lieber kaputt gehen lassen, dann bleibst du wenigstens mit einer Ehehälfte befreundet. Glaubte ich zu wissen...

Nicht weit weg von Ernst entdeckte ich Urs. Er war der geborene Junggeselle und mit seinen Kumpels beim Jassen. Auch er ein ehemaliger Schulkamerad. Er war immer der grösste, der dickste und der stärkste Mitschüler. In der Schule war er unser Klassen-Boss. Wir alle machten, was er befahl. Was ich jetzt aber vor mir sah, war ein völlig anderer Urs. Er war nicht mehr der Grösste – andere hatten ein besseres Wachstum und überragten ihn nun. Er war auch nicht mehr der Stärkste, andere hatten sich mehr Muskeln antrainiert. Er war aber immer noch der Dickste – das ist ihm geblieben. Dazu gekommen war jetzt aber seine Unsicherheit Mädchen gegenüber. Irgendwie tat er mir Leid. Aber was mir aufgefallen ist, er war nicht mehr der angsteinflössende Jungbulle. Er hatte sich zu einem liebenswürdigen Jass-Kumpel entwickelt. Das ist doch schön, so eine positive Veränderung zu sehen...

Urs schräg vis-à-vis im nächsten Abteil sass Heidi. Heidi hatte ich fast täglich im Sandkasten angetroffen. Sie war schon damals sehr kokett. Aber ein durchaus schönes, liebenswertes Mädchen. Und jetzt sass sie mir als strahlende, aufgestellte, wunderschöne junge Frau gegenüber. Eine attraktive Barmaid war aus ihr geworden. Dieser Beruf hatte ein wenig einen schalen Beigeschmack und galt schon fast als «unseriös». Dabei war doch ihr Job nichts anderes, als «seriösen Herren» Getränke zu servieren... Für mich aber war das Wichtigste: sie hatte ihre äusserst liebenswerte Art beibehalten.

Dass ich Heinz in diesem Wagen auch noch entdeckte, hatte mich sehr gefreut. Denn ich wusste, dass seine Idee war, in die USA auszuwandern. Er war sichtlich aufgeregt, als er mir von seinen Plänen erzählte. Als ausgelernter Mechaniker mit Schweizer Fähigkeitsausweis bot sich ihm die Gelegenheit, in New York als «Spezialist» in eine Werkzeugfabrik einzusteigen. Ich freute mich sehr für ihn, war aber auch skeptisch, ob er das auch schaffen würde. Als Schüler war er eher ein «Luftibus», der alles sehr locker nahm. Dass er es auf brillante Weise dennoch geschafft hat, in den USA ein angesehener Businessmen zu werden, vernahm ich erst später...

Mein Herz ging auf, als ich den Speisewagen betrat. Da traf ich auf lauter gesellige und fröhliche Menschen. Der Speisewagen war und ist auch heute noch der Ort, wo man Erholung und Gelassenheit findet. Der Ort zum Auftanken. Nahrung holen, nicht nur für den Magen – auch für die Seele. Gutes Essen, süffige Getränke und gute Laune sind hier Programm. Die Leute aus allen Gesellschafts-Kategorien finden sich hier versammelt. Die Klassen-Unterschiede sind plötzlich weg. Wenigsten während des Aufenthaltes im Restaurantwagen. Alle, ob arm oder reich, können hier ihre Sorgen vergessen und für kurze Zeit einfach das Leben geniessen. Es ist wie Ferien. Mir war sofort klar, diesen Ort werde ich in Zukunft in regelmässigen Abständen aufsuchen...

Es ging weiter auf meiner Promenade durch meinen Zug und plötzlich öffnete sich mir die automatische Tür zur obersten Reiseklasse. Der «Plüschklasse». Mein erster Eindruck: welche Helle, diese edlen Materialien für Sessel und Bänke, Wände und Beleuchtung. Dann sah ich erstmals zum Fenster hinaus und stellte sofort fest: die Wiesen, Wälder, Landschaften, ja sogar die Häuser – alles sah genau so aus wie in den andern Klassen. Das konnten aber die meisten Leute in diesem Wagen nicht sehen, weil die runtergezogenen Sonnenblenden die Sicht in die Weite verdeckten.

Dann fielen mir die Menschen in dieser Klasse auf. Was ich da teils zu sehen bekam machte mir Angst. Nur selten fröhliche und zufriedene Gesichter. Wenig entspannte Reisende. Viele waren sehr ernst und in Gedanken versunken. Ich stellte mir vor, was in diesen Köpfen wohl so vor sich ging. Könnte es sein, dass die über ihre Besitztümer «hirnten»? «War es die richtige Investition, habe ich womöglich Geld verloren? Wenn ja, wie hole ich das wieder rein? Wo könnte ich noch mehr Gewinn generieren?» usw. Und dann gab es da noch die andern: die Beschäftigten und die Nervösen. Hatten die womöglich während der Bürozeit zu wenig oder gar zu viel gearbeitet? Oder waren das etwa die wichtigsten Leute dieser Welt, die ich da gerade antraf, ohne die die Welt völlig aus den Fugen geriete? Waren die eventuell mit ihrer Arbeit total überfordert und mussten in der «Königsklasse» ihre Defizite aufarbeiten? Ich hatte genug gesehen und beschloss, weiterhin in der 2. Klasse zu reisen. Zu dieser Kategorie Leute wollte ich nicht unbedingt gehören...

Genau zu dieser Kategorie gehörte aber zum Beispiel mein Prüfungsexperte. Noch nie hatte ich diesen Menschen lachen gesehen. Auch jetzt nicht. Ich fragte mich: «was müssen das für armselige Leute sein, die nie etwas zum Lachen haben? Oder hatte der möglicherweise eine noch härtere Jugend als ich? War er eventuell gerade am Bewältigen seiner Vergangenheit? Irgend etwas musste da schief gelaufen sein. Der hatte sich vermutlich sein ganzes Leben lang nur auf seine Karriere und sein Ego konzentriert. Was war übrig geblieben von dieser hochgeschätzten Persönlichkeit?» Wirklich ein unzufriedener und frustrierter alter Mann, der in der 1. Klasse jetzt Zeit genug hatte, über seine Lebensreise in aller Ruhe nachzudenken. – Natürlich alles nur Vermutungen von mir.

Da war auch die über alle hinweg strahlende Marlene in ihrer ganzen Schönheit. Sie war ein paar Jahre älter als ich. Als Kind war sie für mich rein optisch ein Engel in Menschengestalt. Wie konnte ein Mädchen nur so schön sein? Sie wusste auch mit ihrer Schönheit etwas anzufangen. Sie angelte sich einen reichen Mann. Im Zug war sie allerdings alleine unterwegs. Ihr Mann musste in dieser Zeit vermutlich viel Geld scheffeln, um sich Marlene überhaupt leisten zu können. Sie machte einen sehr glücklichen und überaus zufriedenen Eindruck. War sie womöglich unterwegs zu ihrem Liebhaber? Ich will es gar nicht wissen.

Direkt im Abteil hinter ihr entdeckte ich den Herrn Grapsche. Auch er ein sehr angesehener Herr in unserer Kleinstadt. Von Herrn Grapsche nahm man an, dass er eine pädophile Veranlagung hatte. Niemand traute sich aber so etwas öffentlich auszusprechen. Vermutlich bot ihm die noble Gesellschaft durch ihr Schweigen noch viele Gelegenheiten, junge Männer zu «begrapschen». Erst als er seine Triebe nicht mehr unter Kontrolle hatte, in flagranti erwischt und später verurteilt wurde, atmete diese Gesellschaft auf. Man wusste es ja schon immer, aber eben... Es gibt Sachen, da spricht man nicht darüber, man lässt es einfach geschehen.

Im nächsten Abteil traf ich auf Franz. Franz war schon immer ein Einzelgänger und am liebsten nur auf sich selber fokusiert. Er schien mich nicht mehr zu erkennen. Er war jetzt schliesslich ein «Banker». Damals hiessen die noch ganz einfach Bankangestellte. In seinem Benehmen war er seiner Berufskarriere um Jahre voraus. Jedenfalls konnte er sich nicht mehr an mich erinnern, obwohl er während Jahren in meinem Schulwagen sass. Es sah so aus, als hätte er den Zugang zu dieser versnobten Gesellschaft doch noch geschafft. Auch für Arrogante gab es genügend Platz in meinem Zug.

Ein Abteil weiter vorne treffe ich auf Sir Henri, den Self-Made-Multimillionär. Der kleine Mann sitzt auf mehreren Aktenkoffern voller Geld. Das macht er, um sich selber, rein optisch, über allen andern Menschen zu sehen. Und damit man Ihm sein Geld nicht stehlen konnte. Ich denke mir bei diesem Anblick: «noch ein paar Koffern mehr unter seinem Allerwertesten, und er wird sich an der Decke bald einmal das Genick brechen». Dabei hatte alles so harmlos angefangen. Henri war ein hagerer, klein-

wüchsiger kaufmännischer Angestellter, der sehr unter seiner Körpergrösse litt. Er fand kaum Beachtung bei seinen Kollegen und von schönen Frauen konnte er nur träumen. – Bis er eines Tages eine «Mehrere-Millionen-Idee» hatte. Er entdeckte eine Marktlücke! Sofort fing der kleine Mann an, seine Idee umzusetzten. Über Nacht feierte er Riesenerfolge. Man fing an, dem Mann Beachtung zu schenken und plötzlich war er eine gefragte Persönlichkeit. Da seine Körpergrösse parallel zum Geschäftserfolg um keinen Zentimeter zunahm, fing er an, sich überhohe Schuhabsätze anfertigen zu lassen. Er kaufte sich schnelle und vorallem grosse Autos und wurde zum Schlossherrn. Alles konnte er sich jetzt leisten. Das einzige, was nicht käuflich schien, waren echte Freunde. Dafür standen jetzt bei ihm schöne Frauen in der Warteschlaufe. Alle wollten etwas von seinem Erfolg abhaben. Sie wollten mit ihm sein Besitz teilen. Trotzdem wurde er immer einsamer. Denn nun war er der festen Überzeugung, dass sowieso alle nur sein Geld und nicht ihn selber wollten. Er trug ab sofort kein Bargeld mehr auf sich, denn bei jedem Schritt den er machte, hatte er das Gefühl, überfallen und beraubt zu werden. Dass er dabei Schaden an Leib und Leben erfahren könnte, darauf kam er nicht...

Natürlich waren nicht alle Menschen schlecht in dieser Kategorie. Es gab da schon auch ganz liebe und liebenswerte Passagiere. Eines hatten sie aber alle gemeinsam: alle waren sie mehr oder weniger «gut betuchte» Leute. Jedenfalls taten sie so, als wären sie es. Beim betrachten dieser «edlen» Meute kam mir immer wieder das Sprichwort in den Sinn: «Viele reiche Leute sind doch eher arme Leute mit viel Geld!»

Auch Ballast braucht seinen Platz

Ich hatte genug gesehen in dieser sogenannten Königsklasse und setzte meine Entdeckungsreise fort Richtung Lokomotive. Vorerst wieder in der zweiten Klasse. Dieser Teil des Zuges war ja auch der grösste. Doch dann stand ich plötzlich in einem Gepäckwagen. Da wurden nicht nur die Koffern und der Ballast der Passagiere mitgeführt. Auch sehr viele Bilder sah ich hier aufgestapelt. Bilder von Leuten und Dingen, die mich auf meiner Reise zwar begleiten und mitreisen, die aber nie persönlich in meinen Zug eingestiegen waren. So zum Beispiel die Beatles, Mozart, Elvis, Johann Strauss, Peter Zinsli, Trio Eugster, Chopin; oder Heiner Gautschi, Adolf Ogi, der Blocher, die Bardott, Marlene Dietrich usw. Aber auch Gegenstände, die einfach zu meinem Leben gehören. Gegenstände von denen ich total vergessen hatte, dass sie ja mir gehören. Alles Sachen eben, die sich auf meinem Weg ansammelten und die nun mit mir reisen.

Laut einer unbeglaubigten Angabe von Statistikern begegnet ein durchschnittlicher, mitteleuropäischer Mensch während angenommenen 80 Lebensjahren zwischen einer halben und drei Millionen Mitmenschen. Nur ein kleiner Teil davon steigt ein. Man nimmt sie einfach wahr. Hat sie irgendeinmal gesehen. Durchs Zugfenster. Beim Rausschauen während der Fahrt.

Nebst all den Bildern gibt es auch eine ganze Menge an Paketen. Kleinere und grössere. Schwerere und leichtere.

Es sind nicht nur Lasten aus der Vergangenheit dabei, die hier gelagert werden. Es gibt auch sehr viele schöne Erinnerungen, die hier in den Regalen aufgestapelt sind. Einige Dinge will man eigentlich gar nie wiedersehen, kann sie aber auch nicht rauswerfen. Das ganze Zeug gehört einfach in meinen Zug.

Für alle gibt es nur einen einzigen Lokomotivführer

Mein Erkundungsgang führte mich weiter nach vorne, immer Richtung Zugwagen. Doch da stand ich plötzlich vor einer verschlossenen Tür. Es war mir nicht möglich in den Führerstand vorzudringen. Viele Fragen stellten sich mir jetzt auf einmal: Wer hält sich wohl da vorne im Führerstand auf. Wer oder was führt mich da durch mein Leben. Ich versuchte mir gar nicht erst vorzustellen, wie dieser Führer aussehen könnte. Ist es vielleicht sogar eine weibliche Gestalt? Eine Frau? Ich hatte auch gar keine Ahnung, wie sein oder ihr richtiger Name sein könnte. Verschiedene Wörter gingen mir da durch den Kopf. In meinem Zug halten sich ja schliesslich Angehörige der verschiedensten Konfessionen, Religionen und Kulturen auf. Auch Konfessionslose. Je nach Zugehörigkeit nennt man die Gestalt im Führerstand Gott, Allah, Hindu, Buddha oder was es da sonst noch so alles gibt. Alle brauchen andere Namen – aber alle meinen das Gleiche. Es gibt dafür einfach viele verschiedene Namen. Die Juden zum Beispiel haben keinen Namen für Gott. Sie nen-

nen ihn einfach «der Ewige». Möglicherweise liegen sie damit der Wahrheit am nächsten...

Gedanken, die mich emotional sehr bewegten, gingen mir durch den Kopf. Da sitzen Menschen aus den verschiedensten Kulturkreisen und Religionen gemeinsam in meinem Zug: Reformierte, Katholiken, Muslime, Juden und viele andere. Alle waren irgend einmal zu mir eingestiegen. Ich kam zur Erkenntnis, dass das einfach eine wunderbare Geschichte ist, die ich da erleben darf. Mein Fazit: wer oder was uns da auch immer hinter sich herzieht, hat unser aller vollstes und blindes Vertrauen. Alle geben ihr Leben in die Hand eines einzigen Anführers. Denn alles, was auf meiner Reise bereits passiert war und noch geschehen wird, hatte und hat weiterhin seine Richtigkeit... Das Ziel der Reise, der Weg, die Dauer – alles ist vorgegeben. Aber nur der oder die Eine in der Führerkabine weiss Bescheid. Und das soll auch für immer und ewig so bleiben...

Der Wunsch nach eigener Familie

Es war an der Zeit, mich auf den Rückweg zu meinem eigenen Abteil zu machen. Ich war noch nicht in meinem Wagen angelangt, da wurde ich plötzlich von einem hellen Schein geblendet. Es war nicht die Sonne. Auch kein Scheinwerfer. Es war eine wunderbare junge Frau die mir da zulächelte. Ich wusste nicht wo sie plötzlich herkam. Mir war aber sofort klar: da passiert etwas Aussergewöhnliches. Unsere Blicke begegneten sich und für mich stand sofort fest: zu dieser Frau muss ich mich hinsetzen. Ich spürte gleich, diese Gelegenheit musste ich packen. Das könnte zum wichtigsten Augenblick in meinem Leben werden. Ein Moment, der mein Leben verändern würde... Wir müssen genau zu dieser Zeit über eine Weiche gefahren sein, die mein Leben in eine andere Richtung führte. In eine gute, sehr positive Richtung.

Ich war etwas über 20 Jahre alt. Hatte schon ein paar flüchtige, unbedeutende Beziehungen hinter mir. Mal das eine, mal das andere Mädchen kennen gelernt. Und jetzt geschah etwas, das ich so einfach noch nie erlebt hatte. Für mich eine total neue Erfahrung. Im ersten Moment war ich einfach nur überfordert. Mir war sofort klar: das ist eine einmalige Chance – jetzt einfach nichts Falsches anstellen. Dann sah ich in ihre Augen: es war als schaute ich in einen klaren Bergsee, in dem sich die Sonne spiegelte. Eine innere Stimme sagte zu mir: «Das muss sie jetzt sein – die echte, wunderbare, grosse Liebe». Die wahre Liebe meines Lebens? Meine innere Stimme hatte recht bekommen. Ich hatte die einzige wahre grosse Liebe meines Lebens gefunden. Ich vermute, in dieser jungen, sehr schönen Frau wird etwas ähnliches abgegangen sein. Das jedenfalls war meine Hoffnung.

Wir beschlossen, gemeinsam in mein Abteil zu gehen. Ich wollte sie unbedingt so schnell wie möglich meiner Familie vorstellen. Meine Auserwählte wurde mit offenen Armen und sehr liebevoll in unserem Kreise aufgenommen. Ab sofort war sie Teil meiner Familie und wurde zum Mittelpunkt meines Lebens.

In meinem näheren Umfeld hatte sich während meiner Abwesenheit einiges verändert. Ich musste feststellen, dass nicht mehr alle Plätze besetzt waren. Liebe Weggefährten waren in der Zwischenzeit ausgestiegen, hatten meinen Zug verlassen. – Andere, mir vorerst unbekannte Gestalten, haben dafür neu Platz genommen. Es waren vorwiegend Nachkommen meiner vielen Cousinen und Cousins. Im gesamten Zug gab es viele Mutationen. Einige Weggefährten waren plötzlich nicht mehr da. Aber sehr viele andere Leute aus dem Umfeld meiner Freundin stiegen nun neu dazu. Eltern, Schwester, Tanten, Onkeln, Cousinen, Cousins u.v.a. Mein Leben wurde durch diese vielen Neuzugänge extrem bereichert.

Immer noch lebten mein Schatz und ich in verschiedenen Wagen. Verbrachten aber sehr viel Zeit gemeinsam und flanierten in meinem Zug hin und her und besuchten den einen und den andern Wagen. Ich wollte meine Freundin unbedingt all meinen Mitreisenden vorstellen.

Es verging nicht viel Zeit bis wir beschlossen, uns einen eigenen Wagen mit einem leeren, für uns bestimmten eigenen Abteil zu suchen. Denn wir waren uns sicher: wir beide gehören zusammen und wollen den weiteren Weg gemeinsam gehen. Alles geschah dann ziemlich schnell und wir fanden auch den passenden Platz für uns. Wir heirateten und bezogen unser neues «Zuhause». Für Zweisamkeit blieb uns jedoch nicht allzu viel Zeit. Meine Frau war schon bei der Hochzeit in guter Hoffnung.

Bald schon passierte das schönste, was einem jungen Paar passieren konnte: uns wurde ein wunderbares Töchterchen in den Schoss gelegt. Wir waren völlig überrascht und auch ganz schön überfordert mit dieser neuen Situation. Erst gerade geheiratet und nun schon Eltern. Aber wir waren bereit, uns diesen neuen Aufgaben und der Verantwortung zu stellen.

Für uns begann nun ein neues, bisher unbekanntes Leben. Die Oberflächlichkeit und Unbekümmertheit war auf einmal weg. Mit dem Mädchen bekamen wir auch ab sofort viele neue Aufgaben zugeteilt. Unser Leben wurde aber auf einen Schlag erfüllter und reicher. Alles bekam jetzt viel mehr Sinn. Als junge Eltern waren wir von Null auf Hundert erwachsener geworden. Wir entdeckten plötzlich viele Sachen, die immer vorhanden waren, die wir aber nie wahrgenommen hatten. Wir genossen unsere neue, kleine Familie in vollen Zügen. Zu unserem vollkommenen, ganz grossen Glück fehlte uns nur noch eines: wir wollten unbedingt unserem Töchterchen ein Spielkamerädlein «organisieren». Und so geschah das grosse Wunder schon bald: uns wurde ein ebenso wunderbarer Sohn geschenkt. Für uns war das Leben jetzt sozusagen perfekt. Wir waren zufrieden. Vorerst. Ich wusste jetzt, warum ich jeden Tag zur Arbeit ging – und dass ich auch weiterhin jeden Tag diesen Weg gehen müsste. Alles war für uns ok. Uns fehlte es eigentlich an nichts. Für den Moment jedenfalls.

Berufliche Veränderung war angesagt

Mit der Zeit wurde der «Arbeitswagen» zu eng für mich. Alles war zur Routine geworden: die Arbeit wurde monoton, der Arbeitsweg langweilig, die Zukunftsperspektive fehlte. Ich sehnte mich nach Veränderung. Ich wollte unbedingt beruflich vorwärts kommen. Jetzt suchte ich eine Herausforderung, bei der ich mich auch weiterentwickeln konnte. Ich wollte meiner kleinen Familie unbedingt eine sichere, schöne Existent bieten können. Die Aufstiegsmöglichkeiten in meinem Beruf waren in unserer Kleinstadt gleich Null. Alle Kaderstellen in meiner Arbeitswelt waren auf Jahre hinaus besetzt. Ein Abteilungsleiter wurde zu dieser Zeit erst nach seiner Pensionierung ersetzt. Mir wurde schnell klar: um meine und unsere Visionen zu realisieren, müssen wir unser Abteil in einen anderen Wagen verlegen. Wir waren uns relativ schnell im Klaren, dass das unser vorgegebener Weg sein musste. Also packten wir es an, und installierten unser Abteil in einem neuen Wagen. Wir zogen weg von unseren Familien. In ein völlig neues Umfeld.

Es war am Anfang nicht leicht, uns zurecht zu finden. Schliesslich musste der Wagen neu an den Zug angehängt werden. Ein komplett leerer Wagen. Diese Leere machte vor allem meiner Frau zu schaffen. Denn ich konnte mich ja jeden Tag in den, auch neuen, Berufswagen wegbewegen, wo ich viele neue Passagiere kennen lernte. Mir war sofort klar, dass wir nur glücklich sein konnten, wenn wir alle zufrieden sind. Meine Frau war es nicht.

Es brauchte Zeit, bis sich unser «neues Zuhause» so nach und nach mit neuen Weggefährten füllte. Aber, wir waren auf dem richtigen Weg...

Im Laufe der Zeit hatte sich auch meine Frau etwas besser zurecht gefunden mit der veränderten Situation. Für uns begann eine wunderschöne Zeit. Wir merkten nun endlich, zu was die Fenster im Zug eigentlich auch gut waren. Nicht nur um Licht herein zu lassen. Wir fingen an hinaus zu schauen. Langsam entdeckten wir die Schönheiten der Natur, die an uns vorbei zogen. Wir sahen die Sonne am Himmel und die Blumen auf den Wiesen. All das Wunderbare und Schöne dieser Welt wurde uns viel bewusster. Wir konnten jetzt das Leben viel intensiver geniessen. Uns wurde klar, dass wir auf dem wahrscheinlich einzigen Planeten im Universum leben, auf dem es Schokolade gibt. Und nicht nur das – wir leben sogar in dem Lande, wo es die Lindt's und die Sprüngli's gibt...

...Bis an dem Tag, als uns die traurige Nachricht vom plötzlichen Tod meiner Schwiegermutter erreichte. Einen Tag zuvor hatte sie uns kerngesund in unserer neuen Umgebung besucht. Sie schaute oft und in regelmässigen Abständen bei uns rein. Vor allem die Enkelkinder schienen ihr sehr zu fehlen. Sie war eine relativ junge, sehr lebensfrohe und liebevolle Grossmutter. Ein Unfall riss sie aus dem Leben. Ich denke, sie stand zu nahe an der offenen Tür und wurde vom Fahrtwind förmlich von uns weggerissen. Das war ein tiefer Schlag für uns alle. Vor allem meine Frau litt jahrelang unter dem herben Verlust ihrer geliebten Mutter. Aber natürlich begleitet uns ihre Seele weiterhin auf unserer Lebensreise.

Unseren alten Wagen besuchten wir von Jahr zu Jahr immer weniger, denn viele Lücken sind in der Zwischenzeit entstanden. Geliebte Menschen wurden aus dem Zug geholt. Und meine Geschwister hatten sich längst in eigenen Abteilen – aber immer noch im gleichen Wagen – installiert und selber Familien gegründet. Nur noch meine Mutter blieb alleine in unserem Abteil zurück. Bei den Verwandten geschah auch das genau gleiche. Die ältere Generation wurde nach und nach aus dem Zug geholt und die Jungen verteilten sich auf ihre eigenen Linien. Schliesslich steht jedem Menschen eine ganz eigene Lebenslinie zu. Und so wurde mein «Stammeswagen» immer leerer. Fortan besuchten wir Familienmitglieder uns gegenseitig nur noch sporadisch. Das eigentliche «Familienabteil» gab es somit nicht mehr wirklich...

Jetzt ging es aufwärts

Meine berufliche Karriere nahm einen parallelen Verlauf zu meinem Familienglück. Es ging nicht steil aber stetig aufwärts. Ich war jetzt Abteilungsleiter in einer angesehenen Druckerei. Nach wenigen Jahren verspürte ich wiederum den Drang, mich beruflich noch ein neues Stück vorwärts zu bringen. Und zwar in Richtung Selbständigkeit. Ich brauchte unbedingt mehr Platz für mich selbst. Meine Selbstverwirklichung stand nun im Vordergrund. Dazu brauchte ich schon wieder einen neuen Wagen. Sehr schnell stiegen extrem viele Leute zu mir ein. Ich hatte nun viel Zufriedenheit und Genugtuung in meinem Beruf gefunden. Meine «Auftraggeber» wurden mehr und mehr und dementsprechend nahm auch die Zahl meiner «Mitarbeiter» im Betrieb zu. Ich verbrachte leider schon fast mehr Zeit im «Geschäftswagen» als bei meiner Familie.

Eines Tages kam der Schaffner, vermutlich ein Kollege des Lokführers, auf mich zu. Er nahm mich gefühlvoll am Arm und führte mich zur Ausgangstür. Er zog mich zu sich hin und meinte lakonisch: «Wenn Du nicht sofort vernünftig wirst und wieder gelassener und ruhiger daher kommst, könnte Deine Reise schon bald zu Ende sein. Dein Motor ist ausgelaugt, er braucht dringend eine Revision und muss neu geschmiert werden.»

Im Rausche des Erfolges hatte ich ein bisschen den Boden unter den Füssen verloren. Nun war ich gezwungen, über die Bücher zu gehen. Ich spürte den Sensemann in meinem Nacken.

Fazit: Eigentlich hatte ich bis hierher eine recht schöne Reise hinter mir. Anfangs mit gewissen Schwierigkeiten und Widerständen. Aber alles in allem gut bis sehr gut. Ich hatte und habe immer noch eine tolle Familie und einen schönen, neuen Freundeskreis. Durfte ich das alles so leichtfertig aufs Spiel setzen für ein paar oberflächliche und eigentlich zum grossen Teil arrogante Bekanntschaften, die plötzlich als meine Kunden im «Geschäftswagen» auftauchten? Die Antwort war klar: Nein. Lohnt sich nicht! Ich mied für längere Zeit meinen Arbeitsplatz und suchte den Weg zurück zur Vernunft. Für ein paar Wochen hielt ich mich im Sanitätswagen auf. Auftanken (mein Treibstoff war ja alle) konnte ich anschliessend ausschliesslich im Kreise meiner kleinen Familie. Fortan versuchte ich bewusster und gelassener zu leben, was mir auch fast perfekt gelang. Aber ohne Arbeit ging es einfach auf lange Sicht nicht. Sie fehlte mir eben doch auch an allen Ecken und Enden.

Wieder einmal suchte ich mit meiner Frau und den Kindern den «Restaurantwagen» auf. Wir waren alle so fasziniert und hell begeistert von der lockeren, ausgelassen und fröhlichen Ambiance in dieser Umgebung, dass wir uns spontan entschlossen, uns ein eigenes Abteil in dieser Nähe zu suchen. Sozusagen ein zweites Zuhause. Es wurde für uns ein Platz an der Sonne. Ab sofort bewegten wir uns immer wieder dort hin. Von unserem Stammabteil ins neue Ferienabteil. Unsere Kinder waren in der Zwischenzeit zu jungen Erwachsenen herangewachsen und imstande, unser – nennen wir es mal «zweites Zuhause» – selbständig aufzusuchen. Auch dieser Streckenabschnitt war für uns extrem erfüllend. Wir genossen unsere inzwischen feudal gewordene Lebenssituation.

Ich habe ja das grosse Glück, dass meine Lebenslinie durch Europa und vorwiegend durch die Schweiz verläuft. Klar, die Schweiz ist ein sehr hügeliges Land. Da kann es vorkommen, dass du ab und zu durch ein Tal musst. Oder dich sogar eine Zeit lang in einem Tunnel aufhältst. Aber es gibt ja auch Berge, über die du fahren darfst. Wenn du dann auf einer Bergspitze stehst und erahnen kannst, wo deine Linie in etwa durch läuft, dann kannst du wirklich von Glück reden in einem so wunderschönen Land zu leben. Du musst einfach nur zufrieden und dankbar sein, hier das Licht der Welt erblickt zu haben. Es hätte ja auch sein können, dass du in einem Zug beispielsweise in Indien, in Afrika oder in Peru geboren wurdest. Es hätte ja auch sein können, dass du in Indien in einen total überfüllten Bummelzug einsteigen musstest. Ohne frische Luft und ohne einen mehr oder weniger bequemen Sitzplatz. Oder stell dir vor, du wärst in Peru auf dem Dach einer alten Lokomotive gelandet. – Für uns Schweizer sollte eigentlich nur Demut und grosse Dankbarkeit vorherrschen. Selbst wenn du in der 3. Klasse gelandet bist wie ich.

Inzwischen hat das «normale» Leben wieder seinen Lauf genommen. Wieder sind sehr viele Leute in unseren Zug eingestiegen und haben unser Leben um vieles bereichert. Aber auch viele geliebte Wegbegleiter haben ihre Reise mit mir abgebrochen und sind aus dem Zug genommen worden.

Meine Mutter verliess den Zug – als letzte ihrer Generation – nach einem sehr arbeitsreichen Leben mit vielen Überlebenskämpfen und grossen Entbehrungen. Der Krebs hatte sie aus dem fahrenden «Familienabteil», das jetzt definitiv völlig leer war, geholt. Nur ein paar Jahre später war es auch wieder der Krebs, der meinen Bruder zum Aussteigen zwang. Und plötzlich wurde mir klar, dass ich jetzt der Familienälteste bin...

Kinder wurden flügge

Auf meiner Reise war nun die Zeit angebrochen, wo unsere Kinder «flügge» geworden sind. Sie begannen nun – wie ich damals – ihre «Fühler» auszustrecken. Alles schien sich zu wiederholen. Aus meiner Sicht jedenfalls. Der Drang nach Neuem, nach Veränderung wurde jetzt auch in ihnen geweckt. Genau wie bei mir damals. Vorerst hielten sie sich einfach irgendwo im Zug auf. Schlenderten einfach so herum. Sie kamen aber von Zeit zu Zeit immer wieder für kurz oder lang in ihr Nest zurück.

Dann war es soweit. Sie hatten jetzt auch ihre auserwählten Lebenspartner gefunden und fingen an, ihre eigenen Abteile zu suchen und zu belegen. Es ging nicht mehr lange und meine Frau und ich fanden uns wieder alleine in unserem Abteil. Genau wie damals meine Mutter, als wir Kinder sie verlassen hatten. Das Schöne jetzt aber ist: unsere Jungmannschaft hat zwar unser Abteil, nicht aber unseren Wagen verlassen. Und so dürfen wir ihre Nähe weiterhin erleben und geniessen.

Unsere Tochter hatte sich zuerst für ein eigenes «Nest» entschieden und sich häuslich eingerichtet. Sie hatte, wie sich herausstellte, den vermutlich definitiv richtigen Lebenspartner gefunden. Nach geraumer Zeit schenkten sie und ihr nun angetrauter Ehemann uns eine wunderbare Enkelin und machten uns zu überglücklichen Grosseltern. Ein nicht weniger wunderbarer Enkel liess auch nicht mehr allzulange auf sich warten. Das Glück unserer Tochter und unseres Schwiegersohnes samt Kindern schien nun vollkommen. Und so ist es auch heute noch...

Unser Sohn machte es kurze Zeit später seiner Schwester nach und beglückte uns auch schon bald mit einer ebenso süssen Enkelin. Allerdings war er etwas rastlos unterwegs und hatte ein wenig Mühe, sich für ein eigenes Abteil zu entscheiden. Er hatte wohl die Mutter für sein Kind gefunden – nicht aber die richtige Frau fürs Leben. Aber, gut Ding braucht eben Weil. Ich war mir aber immer sicher: alles wird gut. Wurde es auch.

Der grosse Tiefschlag

Nach so viel beruflichem und familiärem Glück kam dann ein richtiger Hammerschlag, der mir fast das Genick brach. Ich wurde plötzlich, so mir nichts dir nichts, von einem kleinen Tierchen heimgesucht, das mich bru-tal aus meinem schönen «Traumleben» heraus holte. Ich wurde schwer krank. – Diagnose: Krebs! Ein übergrosses schwarzes Melanom hatte sich unter meiner Haut eingenistet. Anstatt auf der Hautoberfläche, wuchs es fies und unsichtbar in mein Fleisch hinein. – Eine Mehrzahl von «hochqualifizierten» Ärzten prophezeihten mir: «Ihre Zeit zum Aussteigen steht Ihnen kurz bevor! Sie haben nur noch eine kurze Reise vor sich. Geniessen Sie die Zeit, die Ihnen bleibt.» Genau in diesem Moment fuhr mein Zug in einen endlos langen, sehr dunklen Tunnel. Absolute Finsternis. Licht war nirgends mehr zu sehen. Auch kein Ende des Tunnels. Eine grosse Leidenszeit begann. Ich lag zwar am Boden, aber ich war nicht k.o. Ich erinnerte mich an meine Kindheit. Ich war schliesslich eine Kämpfernatur und nicht bereit, einfach so aufzugeben und auszusteigen. Jetzt stand ich vor meiner grössten Herausforderung. Eine wahrhaftig ernstzunehmende Aufgabe.

Diesmal kämpfte ich nicht für soziale Gerechtigkeit oder um mein Ansehen, sondern um mein Leben. Es wurde mein grösster Kampf. Und nach einer langen Leidenszeit konnte ich endlich das Licht am Ende des Tunnels erkennen und alles wurde schliesslich wieder gut! Jedenfalls was die Gesundheit betrifft. Und eigentlich zählt doch nur die.

Während es mit der Gesundheit langsam wieder aufwärts ging, ging es geschäftlich schnell abwärts. Eine gröbere Rezession hatte sich während meiner krankheitsbedingten Abwesenheit in die Lande geschlichen. Auch «meine Lebenslinie» blieb davon nicht verschont. Ich lernte eine Seite der Menschen kennen, die ich eigentlich gar nie kennenlernen wollte. Jeder und jede kämpfte nun nur noch für den Erhalt seiner wirtschaftlich erworbenen Güter. Der Egoismus, Selbsterhaltungstriebe und Verlustängste hatten nun Hochkonjunktur. Mir fehlte definitv die Energie, da auch noch mitzumischen. Vor allem konnte ich jetzt keinen Sinn mehr erkennen in diesem fiesen Spiel um Geld und Macht und Anerkennung. Die Motivation, für Kunden, für Mitarbeiter und Mitarbeiterinnen weiterhin die Gesundheit aufs Spiel zu setzen, war jetzt völlig weg. Ich entschloss mich, meinen

«Geschäftswagen» auf ein einziges Abteil zu reduzieren. Wirtschaftlich war ich zwar jetzt wieder ganz unten. Aber ich hatte immerhin noch mich. Und meine Familie hatte mich wieder. Das ist doch das Wichtigste, was man haben kann. Sich selber und seine Liebsten. Irgendwie hatte sich der Kreis nun geschlossen. Ich begann mit Weniger wieder Mehr zu haben. Mehr vom Leben!

Mein Entschluss stand nun fest. Ich wollte ab sofort, in allem was ich tat, kürzer treten. Alles viel langsamer und genussvoller angehen. Mich von Ballast und Problemen anderer Menschen trennen. Ich musste auch lernen, mich von Leuten fernzuhalten, die mir schaden zufügen könnten. Mein Immunsystem schrie nach Erholung. Mir wurde bewusst, dass nur ein intaktes Immunsystem in der Lage ist, dem Krebs die Chance zu nehmen, in mein Leben zurückzukehren. Ich entdeckte, dass Dankbarkeit und Demut etwas wunderbares sein können. Jetzt durfte ich mich wieder, wie in den Kindheitstagen, über Sonne, Mond und die Sterne erfreuen. Blumen, Berge, Seen und überhaupt die ganze Natur fanden bei mir endlich wieder die Begeisterung, den Respekt und die Ehrentbietung, die ihnen sowieso zusteht. Ich fing an Kultur mit all ihren Facetten wieder neu zu entdecken. Meine Welt war jetzt wieder in Ordnung. Wie es eigentlich immer hätte sein sollen...

Zeitlich musste ich jetzt nur noch einige wenige Jahre arbeiten. Ich freute mich riesig auf die bevorstehende Epoche im «Lehnstuhl». Einfach nur noch zurücklehnen und den Jungen zuschauen, wie diese jetzt anpacken. Im «Geschäftsabteil», in dem ich jetzt nur noch ganz alleine sass – ich hatte ja, wie gesagt, meinen Betrieb «redimensioniert» – besann ich mich vermehrt wieder auf meine berufliche Herkunft. Kreativität war wieder mehr angesagt als nur Kohle zu generieren. Ich musste ja niemandem mehr meine Qualitäten als Berufsmann beweisen. Alles hatte jetzt wieder seinen Sinn bekommen. Ich genoss es einfach nur noch für mich und all meine Passagiere da zu sein.

Jetzt bin ich Rentner

Endlich ist es soweit. Ich bin jetzt nicht mehr Baby oder Kleinkind, nicht mehr Schüler oder Auszubildender, auch nicht mehr Rekrut oder Angestellter, ebenso wenig Chef oder Patron. All das habe ich nun hinter mir gelassen. – Ich bin jetzt einfach nur noch Rentner. Wie alle anderen, die das grosse Glück haben, das erleben zu dürfen. Eine völlig neue Lebensform. Mir fiel ein, was ich alles nicht getan hatte und was ich jetzt unbedingt alles «noch» machen will. Ich merkte sofort: es braucht enorm viel Zeit, um die Zeit zu organisieren. Um sie sinnvoll zu planen und zu leben. Das Zeitmanagement wird zum ständigen Begleiter...

Ich merkte schnell, dass wir jetzt viel besonnener an die Sachen heran gehen. Für alles lassen wir uns plötzlich viel mehr Zeit. Wir können nun von unseren grossen Erfahrungen profitieren. Punkto Menschenkenntnis hatten wir ja auch immer wieder dazugelernt. Meinten wir wenigstens. Dass wir uns da ab und zu auch täuschten, merkten wir erst später.

Also suchten wir uns zuerst, meine Frau und ich, ein ruhigeres Plätzchen. Es musste auf jeden Fall in der Nähe der Türe sein. Ich will unbedingt sehen, wenn jemand meinen Zug verlässt. Es ist mir ein echtes Bedürfnis, mich von denen – so gut es eben geht – zu verabschieden. Die meisten Zuginsassen hatten mich ja fast das ganze Leben auf meiner Reise begleitet.

Noch viel wichtiger ist jetzt aber, dass ich sehen kann, wer in den Zug einsteigen will. Wir wurden so etwas wie «Türsteher». Einlass gibt es ab sofort nur noch für Menschen, denen ich meine volle Zuneigung und Sympathie entgegenbringen kann. Miesmacher und frustrierte Menschen finden bei uns keinen Zutritt mehr. Dass uns das nicht immer gelingt, versteht sich von selbst. Ein Satz von Konrad Adenauer hat mich während meiner ganzen beruflichen Tätigkeit begleitet: «Man muss die Menschen nehmen wie sie sind – es gibt keine anderen!» Dem kann ich jetzt mit grosser Gelassenheit und aus Überzeugung entgegnen: «Die Menschen sind wirklich wie sie sind – aber nehmen muss ich sie nicht, wenn ich sie nicht will!» Ganz sicher nicht mehr als Rentner...

Es ist ja nicht so, dass ich seit meiner Pensionierung gar nichts mehr mache. Aber alles, was ich jetzt tue, muss Sinn haben und vor allem Freude bereiten. Als Patron war ich immer für Vieles verantwortlich. Jetzt muss ich nur noch für mich und meine Frau gerade stehen.

So habe ich mich spontan entschlossen, eine Männer-Kochrunde ins Leben zu rufen. Ich suchte eine unabhängige Mietküche. Sozusagen ein Ort des Geschehens.

Schon bald wurde ich fündig. Jetzt musste ich nur noch ein paar Gleichgesinnte finden. Ich konnte auf meine Berufserfahrung zurück greifen. Schliesslich wusste ich ja, wie ein erfolgsversprechendes Inserat zu gestalten war: *«Gesucht werden kochbegeisterte Rentner, die in gemütlicher Atmosphäre ihr Hobby ausleben möchten!»* Grundgedanke war aber eher ein sozialer: jeder Pensionierte sollte sich eigentlich selber verpflegen können. Sei es, weil seine eventuell gesundheitlich angeschlagene Frau plötzlich nicht mehr in der Lage ist, für ihn zu sorgen. Oder weil er eines Tages sogar als Witwer oder Geschiedener alleine da steht. – Der Erfolg war sehr schnell da. Heute, nach etlichen Jahren, sind wir eine eingeschworene, fidele Männer-Kochrunde und haben enorm viel Spass. Das war nicht von Anfang an so...

Da sind auf einmal viele Renter auf meinen Zug aufgesprungen. Ich war sehr vorsichtig bei der Türkontrolle. Passieren durfte nur, wer meinen Aufnahmekriterien entsprach und die entsprechenden charakterlichen Eigenschaften mitbrachte. Wie gewohnt, liess ich mich auch hier etwas blenden. Einige hatten sich reingeschwindelt. Das wahre Gesicht kann man aber nicht für immer verbergen. Die Sonne bringt es an den Tag. So wurden diese «Kameraden» bald einmal ausgewechselt.

Ich habe mich auch einem Senioren-Fitnesszentrum angeschlossen. Hier ist die Selektion, wer einsteigen darf und wer draussen bleiben muss um einiges einfacher. Du lässt dir mehr Zeit bei der Auswahl. Und trotzdem öffnest du ab und zu den falschen Leuten die Tür.

Mein Zeitmanagement erlaubt es mir jetzt, längere Spaziergänge durch meine Wagenkomposition zu unternehmen. Mit viel mehr Gelassenheit, mehr Ruhe und vor allem mehr Emotionen kann ich nun auf meine Passagiere zu- und eingehen. Viele meiner Weggefährten sind in der Zwischenzeit weiser, erfahrener, aber zu einem grossen Teil auch schwerer aber nicht unbedingt gewichtiger geworden.

Wie immer, ging es auch jetzt wieder zuerst durch die 2. Klasse. Denn die steht mir nach wie vor am nächsten. Hier fühle ich mich richtig wohl.

Als Erste fielen mir Erna und Ernst auf. Die sitzen immer noch genau gleich da, wie bei unserem ersten Treffen. Unterdessen sind die ja schon über 50 Jahre miteinander verheiratet und leben noch immer im genau gleichen Abteil. Das war und ist ihr einziges Zuhause. – Ich muss mich schon fragen, ob die, ohne meine damalige Intervention, immer noch zusammen wären? – Die hatten nie den Traum, etwas anderes zu entdecken. Zuerst habe ich gedacht: wenn die wüssten, was die alles verpasst haben. Aber dann kam mir der Gedanke: die haben vielleicht gar nie das Bedürfnis gehabt, Neues und Anderes zu entdecken, ergo vermissen sie auch nichts. Etwas, das man nie erlebt oder gehabt hat, kann einem auch nicht fehlen. Es muss also möglich sein, mit sehr wenigen Ansprüchen ans Leben zufrieden zu sein.

Ich schaue mich ein wenig um und muss feststellen, dass Urs nirgends mehr zu sehen ist. Ich erkundige mich bei

Mitreisenden nach ihm und musste leider erfahren, dass er in der Zwischenzeit meinen Zug verlassen hat. Er war sein Leben lang Junggeselle geblieben. Warum weiss eigentlich niemand. Keiner hat sich dafür interessiert. Aber man raportierte mir, dass er schon sehr früh einen Herzinfarkt hatte. Später kam dann scheinbar noch eine Hirnblutung dazu und lähmte sein Erinnerungsvermögen. Auch mit dem Sprechen sei es immer schwieriger geworden. Bis er dann schliesslich an einem weiteren Herzinfarkt gestorben sei. Wäre vielleicht sein Leben anders verlaufen, wenn auch er eine liebe Frau gefunden und eine eigene Familie gegründet hätte? Keiner weiss es...

Dafür treffe ich Franz wieder in der 2. Klasse. Er sieht nicht mehr so frisch aus wie damals, als er noch in der Ersten anzutreffen war. Ich vermute, es lief eher suboptimal mit seiner «Bänker»-Karriere. Jedenfalls schien es mir, als sei er buchstäblich von seinem hohen Ross gefallen. Da ist nicht mehr der strahlende Aufschneider, der sich nicht an mich erinnern konnte. Ich sehe eher einen gebrochenen Mann, der sich im nachhinein für sein früheres Benehmen schämt. Ich glaube, er hätte mich jetzt gerne als seinen Freund. Ich weiss es nicht und will es auch nicht herausfinden. Denn der Faden zu mir hatte er früher selber zerrissen...

Gegenüber von Franz befindet sich immer noch Heidi, die einstmals strahlende Bardame. Ihr Berufsleben hatte sich in ihre Haut und ihre Stimme gefressen. Immer nur dunkle, verrauchte, schlecht durchlüftete Lokale, das zeichnet einem. Auch sie hat nie eine Familie gegründet und sitzt jetzt als zu schnell gealterte Frau einsam und verlassen in ihrem Abteil. Sie ist zwar immer noch sehr liebenswürdig und nett, aber diese Attribute allein genügen längst nicht mehr, um in ihrem Beruf erfolgreich zu sein. Sie erinnert mich an eine längst verwelkte, ehemals wunderschöne Blume...

Neu entdecke ich hier und dort neue Weggefährten aus der Hobbyküche und dem Fitnessraum. So zum Beispiel Paul und Max. Sie haben ausser dem Kochen auch noch ihre gemeinsame Liebe zum Musizieren entdeckt. Beide sind begeisterte Musikanten. Es ist einfach nur schön, zu sehen, wie sich die beiden gefunden haben und verstehen. Macht Spass.

Neu eingestiegen ist auch Hanspeter. Ein patenter Kerl. Sein ganzes Leben hat er in seiner Praxis verbracht. Er ist Doktor der Dentalmedizin. Als Zahnarzt eine Koryphäe, sehr gebildet und bei Patienten beliebt. Aber man höre und staune: der Typ ist nicht in der Lage einen Boden feucht aufzunehmen oder einen Besen richtig zu führen. – Das beweist mir einmal mehr: es muss nicht jeder alles können. Wenn jeder das macht was er kann, dann ist eigentlich alles gemacht.

Adolf lernte ich im Fitnesswagen kennen. Eigentlich ein toller Typ. Er hat ein sehr turbulentes Leben gelebt. Das hat ihn geprägt. Er kann auf eine sehr vielseitige Karriere zurückschauen. Da war alles mit dabei: Alkohol, Drogenkonsum und Dealerei, Kriminalität und zuletzt Knast. Für seine Taten hat er gebüsst und ist jetzt mit sich und der Welt im Reinen. Dass er ein Ex-Knasti ist, bekommt er aber immer wieder zu spüren. Jeden Tag.

Mein Kontrollgang führte mich weiter Richtung 1.-Klasse-Wagen. Aber auf dem Weg dorthin darf ich zuerst noch meinen Lieblingswagen besuchen.

Heinz von der 2. Klasse traf ich jetzt rein zufällig im Speisewagen wieder. Er war wirklich in die USA ausgewandert. Und meine Befürchtung, dass er es nicht schaffen würde, entpuppte sich als eine anmassende Fehleinschätzung. Denn ich hatte einen wichtigen Aspekt nicht berücksichtigt: er war schon immer ein Strahlemann und sah von jeher sehr attraktiv aus. Ein perfekter Wunschkandidat für jede potentielle Schwiegermutter. Und so geschah es dann auch. Die Tochter seines Patrons in New York hatte sich Hals über Kopf unsterblich in den jungen Beau aus der Schweiz verliebt. Die Hochzeit der beiden war nicht mehr aufzuhalten und im Laufe der Zeit kamen auch vier Kinder dazu. Es war klar, der neue Schwiegersohn des amerikanischen Bosses würde dereinst die Firma übernehmen. Heinz ist jetzt zwar nicht mehr der strahlende junge Mann, aber immerhin ist er jetzt der strahlende Besitzer einer amerikanischen, sehr gut florierenden Werkzeugfabrik in New York. Und attraktiv ist er nach wie vor, auch als Grossvater...

Auch Erwin hielt sich gerade im Restaurationswagen auf. Erwin liebt das Leben, das kann man nicht übersehen. Durch einen tragischen Unfall seines Vaters kam er auf Umwegen und viel harter Arbeit zu seinem heutigen Erfolg und Reichtum. Sein Papa hatte sich eine eigene kleine Firma aufgebaut. Er musste extrem schuften um seinen Kleinbetrieb auf Vordermann zu bringen. Es kam der Tag, als der noch sehr junge Vater von Erwin bei einem schweren Arbeitsunfall ums Leben kam. Und so wurde Erwin die Frage gestellt: willst du das Werk deines Vaters weiter führen oder nicht. Erwin war zwar branchenfremd und Laie im gefragten Beruf, aber er entschloss sich, diesen Schritt zu wagen. Auch fühlte er sich seinem Vater gegenüber verpflichtet, es wenigsten zu versuchen. Erwin gelang es, die Firma auf die Erfolgsstrasse zu bringen. Trotz dem enormen Wachstum seines Werkes ist er immer der bodenständige, einfache Jugendkamerad geblieben. Seinen Betrieb hat er in der Zwischenzeit seinen beiden Jungs übergeben und freut sich fortan des Lebens als Rentner.

Mein Spaziergang durch meinen Zug nähert sich langsam wieder der 1. Klasse. Das ist die Klasse, in der ich mich nach wie vor nicht sehr vertraut fühle. Und ich muss leider feststellen, dass in der Zwischenzeit nichts besser geworden ist. Im Gegenteil: die neuen «Neureichen» scheinen noch abgehobener, arroganter dekadenter geworden zu sein.

Als ich das letzte Mal die «Oberklasse» betrat, stiess ich auf meinen Lehrabschluss-Experten. Ich freute mich jetzt, auf ihn zuzugehen, um ihm zu zeigen, was aus mir geworden ist. Auch ohne sein Zutun. Aber ich konnte den älteren Herrn nirgends mehr finden. Anscheinend ist er in der Zwischenzeit aus meinem Zug ausgestiegen. Irgendwie beruhigt das enorm, wenn man feststellt, dass jedermann irgend einmal zum Ausgang geführt wird. Dabei spielt es absolut keine Rolle, aus welcher Klasse er kommt. Die meisten fehlen einem dann, wenn sie nicht mehr da sind – einige wenige überhaupt nicht...

Dafür war Marlene immer noch anwesend. Der ehemals schöne «Engel in Menschengestalt» hatte sich rein figurenmässig recht gut gehalten über all die Jahre. Leider konnte ich nicht mehr erkennen, ob sie mich nun anstrahlt und sich über unser Wiedersehen freut oder nicht. Ihr einstmaliges Engelsgesicht war jetzt mit Botox völlig zugepflastert. Ihre Lippen sind auf ein Mehrfaches angeschwollen und es ist ihr völlig unmöglich, die Mundwinkel seitlich nach oben zu bewegen, um wenigstens ein leichtes Lächeln anzudeuten. Ihre Augen sind nicht mehr in der Lage zu strahlen. Ich denke, so kann man aus einem wunderschönen Menschen einen Zombie formen. Eine lebende Tote...

Auch Herr Grabscher war wieder an seinem alten Platz. Vermutlich hat er in der Zwischenzeit seine Strafe als überführter Pädophiler abgesessen. Jedenfalls ist er wieder unter den Leuten der gehobenen Gesellschaftsklasse anzutreffen. Scheinbar werden hier solche Delikte als Gentlemendelikte abgetan und schnellstens vergessen. Irgendwie ist es mir in seiner Nähe etwas «zum Kotzen» zu Mute. Ich wende mich von ihm ab.

Im nächsten Abteil sollte ich eigentlich auf Sir Henri treffen, den Self-made-Multimillionär. Der kleine Mann sitzt aber nicht mehr auf seinen Aktenkoffern voller Geld. Er war weg. Auch von seinem Geld war nun nichts mehr zu sehen. Vermutlich war der Sensemann vorbei gekommen und hat ihn am Ausgang abgegeben. Sein Geld konnte er nicht mitnehmen...

Aber das Schöne ist doch: es gibt nicht nur solche Menschen in dieser Reiseklasse. Es existieren tatsächlich auch andere. Auf meiner Reise durchs Leben durfte ich immer wieder sehr anständige und liebenswerte «Wohlhabende» kennenlernen.

Da ist zum Beispiel die Familie Wohlgemuth. Wohlgemuths haben sich über mehrere Generationen hinweg Anerkennung und Reichtum mit sehr viel Einsatz, Fleiss und harter Arbeit erschaffen. Und trotz grossen wirtschaftlichen Erfolgen ist diese Familie auf dem Boden der Realität geblieben. Dankbarkeit und Demut wird täglich gelebt. Das sind Leute, die man mit grossem Stolz und gerne zu seinen Freunden zählt.

Auch Walter aus der Kochgruppe finde ich hier in der First Class. Ein ganz lieber und bescheidener Zeitgenosse. Er hat sein Leben lang hart gearbeitet und eine eigene Firma mit über hundert Mitarbeitern aufgebaut. Er ist noch nicht ganz im Rentnermodus angekommen und immer noch um das Wohl seiner Angestellten bemüht. Das ist Grund genug, sich wenigstens eine komfortable Lebensreise zu gönnen.

Auch unsere Kinder sind in der Zwischenzeit auf der Sonnenseite des Lebens angekommen. Für sie müsste es einen 2.-KlasseSuperior-Wagen geben. Unsere Tochter wie auch unser Sohn haben inzwischen ihre eigenen erfolgreichen Wege eingeschlagen. Zudem hat unser Sohn zwischenzeitlich auch eine sehr liebenswerte und tolle Lebenspartnerin gefunden, die auch seiner Tochter eine «beste Freundin» ist. – Dabei haben unsere Kinder nie ihre Herkunft und ihre Erziehung vergessen. Darauf sind wir als Eltern echt stolz. Nicht, dass wir alles immer richtig gemacht hätten, aber ich glaube, wir haben in der Erziehung sehr wenig falsch gemacht. Keiner macht alles richtig. Aber man kann wenigstens versuchen wenig Fehler zu machen.

Jetzt sind wir wieder auf dem Weg zurück zu unserem eigenen Abteil. Und je mehr Leuten ich begegne und so in viele zufriedene Augenpaare gucken darf, desto mehr wird mir bewusst, was für ein reiches Leben ich führen darf. Dementsprechend lange dauert auch unser Rückweg zu unserem Stammplatz. Unglaublich, welche Menschenmenge sich auf so einer Lebensreise ansammelt.

Zufrieden lassen wir uns wieder auf unseren Plätzen nahe der Türe nieder und geniessen unser Dasein. Wir achten sehr darauf, dass niemand mehr in den Zug einsteigt ohne unsere ausdrückliche Zustimmung. – Ebenso müssen wir von unserem Platz nahe beim Ausgang immer wieder mitansehen, wie gute, langjährige Freunde und Weggefährten aussteigen und unsere gemeinsame Reise beenden. Wir erleben, wie sich nach und nach eine ganze Generation verabschiedet.

Irgend eines Tages wird der Schaffner auch uns zum Ausstieg bitten. Ich werde dann ohne Bedenken den Zug verlassen in unbekannte Richtung. Es gibt niemanden, der nur annähernd weiss, wohin die Reise dann weiter führt. Alles was man diesbezüglich zu hören bekommt sind reine Vermutungen und Spekulationen. Aber es muss dort, wo auch immer das sein mag, paradiesisch zu und her gehen. Denn ich kenne niemanden, der zurück in den Zug gekommen ist, um sich zu beklagen. Auch nicht um zu bestätigen, wie herrlich das ist. – Mein Zug aber wird dann ohne mich weiterrollen mit all meinen Passagieren an Bord. Und bis der allerletzte meiner Weggefährten ausgestiegen ist, wird das MEIN Zug bleiben. Und das macht mich glücklich...

Noch immer weiss ich nicht
wohin mein Weg führt,
aber ich weiss jetzt ganz sicher:
Das ist MEIN Weg!